# 七馀居诗词稿

孙轶青题

文物出版社

鄧[illegible]海

男，一九四九年生，廣東南海市人，研究生畢業。現任廣東省文聯黨組成員專職副主席。是中國作家協會會員，中國書法家協會會員，中華詩詞學會常務理事，中國楹聯學會常務理事，中國對外經濟貿易大學繼續教育學院教授，中國北方工業大學校董兼職教授，中國管理科學研究院學術委員會研究員。

# 七餘居詩詞稿　目次

七餘居詩詞稿　目次

## 逸志河山篇

## 飛羽流觴篇

## 异域游踪篇

## 歌聯雜綴篇

# 江山開勝概　社會創和諧

——《七餘居詩詞稿》序

周篤文

與繼海同志一別經年，近得把臂京門，重續清歡。席間獲觀其《七餘居詩詞稿》。這是繼《鄒繼海詩詞集》後，推出的又一部力作。何謂『七餘』？作者自云：『余讀書寫作多在政務之餘、節假之餘、差旅之餘、品茶之餘、散步之餘、失眠之餘，乃至陪會之餘。』可見其耽詩之篤與用力之勤了。持歸燈

下細讀，真有不盡的驚喜。全書分心聲扣扉、逸志河山、飛羽流觴、歌聯雜綴四篇，共收詩詞聯語二百餘首，是一部全景式的陽江勝概圖。它文采發皇、激情澎湃，兼有學人的睿智、詩家的才情與主政者的襟抱，是時下吟壇中不可多得的佳作。繼海同志書生從政，由高州父母官到陽江賢亞尹。在踐行三個代表理論、發展地方經濟以及精神文明建設上貢獻突出、好評如潮，得到中央領導與廣大群衆的一致贊許。

餘事為詩，亦能別開生面，大放异彩。

氣象恢弘是繼海詩詞的首要特點。如：

又是銀花火樹天，觀山教諭憶當年，……甘霖喜露三春雨，緑醉高涼萬里川。——《江澤民同志視察高州三周年》。

春風不待相催，與梅結伴同回。錦浪千重似海，霞光萬道朝暉。——《清平樂・丙戌迎春》

這萬川緑醉與錦浪千重，不正是生機勃勃的豪氣如虹的高州、陽江現實的剪影嗎？作者筆下的故鄉真是情深一往，神采飛揚：鍾靈美地醉勾留，步景相移夢幻幽。緑水三彎詩百里，青山九疊畫千疇。鳶追雲影争秋色，日落漁村唱晚舟。但盼他年離

案牘，一天狂作幾回游。——《三別陽江山水》。政餘暫覓桃源趣，半刻偷閑避案臺。信步榕堤吟李杜，靜觀湖月滌塵埃。今朝且摟東風別，异日當隨紫氣回。踏遍神州方外境，難忘此地是蓬萊。——《四別陽江鴛鴦湖》。

龔自珍《己亥雜詩》有『踏遍中華窺兩戒，無雙畢竟是家山。』持較繼海二詩，真有笙磬之合，可謂現代性的新版。其《賀陽西建縣十五周年》更是融學者睿智與時代風情于一爐之作：胼胝重興古宋康，天驚石破動玄黄。西湖景綴瓊樓閣，月亮灣藏玉宇莊。張氏金刀贏美譽，程村好市創輝煌。七賢醉和三嬤唱，斗酒千歌共舉觴。簡直就是陽西的一張輝煌名片。宋康建縣于宋武帝劉裕永初二年（421），歷史不過十來年。而作者拈出這段1600年前的史實，强調『胼胝重興』、『石破天驚』的意義，便大大加强了詩的厚重感與歷史感。尾聯的七賢，點出了李德裕、蘇軾等七位逐臣與此地的關係，突出了千秋文脉。三嬤，則凸現了歌仙劉三姐與陽西割不斷的歷史淵源。這些點石成金的妙招，真能開江山之勝概，壯時代之豪情。

繼海才學兼勝，這在作品中隨處可見。如：『大岳參天吞六合，雄魂曠世傲千秋。』（《題田齊先生大岳雄魂圖》）『芝蘭生正氣，岳岱立橫空。』（《為芝岳先生撰聯》）順手拈來，便有萬千氣象。其《白糖罌荔枝》小注云：相傳高力士『將家鄉之白糖罌荔枝，飛騎直送長安，供貴妃品嘗。清兩廣總督阮元為此賦詩云：『新歌初譜荔枝香，豈獨楊妃帶笑嘗。應是殿前高力士，最將風味念家鄉。』『豈獨』一詞，翻了杜牧『一騎紅塵妃子笑，無人知是荔枝來。』陳案，原來是高力士的鄉情在起作用。作者的妙筆與引者的深心就這樣演繹與發展了這段歷史佳話。《陽江建市十五周年詩》前有小序，亦文采彬煥，不亞詩作：『陽江建市，十有五春。舉市上下，鼓舞歡欣。父老鄉親，意切情真。處處工程剪彩，陣陣鑼鼓喧振。滿街彩燈懸挂，横空樹火花銀……古埠新港，巡航商海通五洲。三推勤農，嶺南佳果遍山頭。工業强市，刀精剪美銷環球。無烟産業，内客外賓山海游。科技興市，敢先天下拔頭籌。康衢縱横，貨來物往車馬稠。兩陽子弟，玉魄蟾宫折桂收。』皆音鏗金石，字燦珠璣。真潤色鴻業，鼓吹休明之佳構，無愧生花妙筆與時代

强音。

洋溢着和諧的旋律，是鄒詩另一重要特點。和諧，是中華文化的基本品格與終極性目標。當前，構建和諧社會，建設和諧文化，促進和平公正已成為社會主義核心價值體系和全黨全民的奮斗方向。《説文解字》云：『和，相應也。』，『諧，洽(合)也。』本意指音聲調協之美感，引申為道德層面之和順敬穆。《易·説卦》：『和順于道德，而理于義。』意謂和順為道德的基礎，而理則是義之依據。《論語·述而》：『禮之用，和為貴。』《中庸》云：『和也者，天下之達道也。』《孝經》曰：『先王有至德要道，以順天下，民用和睦，上下無怨。』都强調以和順之道治天下。已故哲學家周谷城先生主張以『平衡生態，協和萬邦』作為解决天人與人際關係的準則，并把它鎸刻在嶽麓書院的墻上，這是很深刻的思想。作為傳統文化精華之詩詞，不僅在技巧層面上——對仗、押韵、協調、平仄等，達到了和諧美之極致，而且在内容層面上更把營構和諧境界作為理想目標。孔子認為『温柔敦厚，詩教也』（《論語·述而》）、『詩三百，一言以蔽之曰：思無邪』（《論語·為

政》)。朱熹在《論語集注》中更提出『大樂與天地同和』之藝術命題。莊子則以自由解放的『游』為藝術精神的極致。而『和』是『游』的根據。『和』即和諧統一，是藝術最基本的統一。他在《天道》篇中強調『與人和者謂之人樂。與天和者謂之天樂。』這些聖哲的思想，是中華文藝的元典，對後世影響極大。完善詩人人格、致力于社會和諧，便成了詩家的天職。劉勰《文心雕龍》強調『好樂無荒』、『雅咏温恭』(《樂府》)鍾嶸《詩品》宣揚『氣之動物，物之感人。故搖蕩情情，形諸舞，照燭三才，暉麗萬有……莫近于詩。』杜甫亦稱『陶冶性靈緣底物，新詩改罷自長吟』（《解悶》）。唐孫華亦云『陶冶發性靈，金玉出頑礦』（《夏日齋中讀書詩》），强調詩對提升人的氣質之重要作用。朱光潛先生在《詩論》中說：『大詩人先在生活中把自己的人格涵養成一首完美的詩，充實而有光輝。寫下來的詩是人格的焕發。』充實光輝的人格與和平中道的詩心在繼海同志詩詞中有着突出的表現。讀繼海詩使你産生光明俊偉、康樂祥和的感受，有一種把人的精神狀態向上提升與净化的力量。這就是和諧的詩美所具有的藝術魅力。一部《七餘居

詩詞稿》可說就是一部和諧的變奏樂章。

在這裏和諧就是萬民同樂的勃勃生機：

雕玉鑲珠十五年，芙蓉艷綻耀南天。風撩荔海紅漫野，晚唱漁歌樂釣船。勝境鍾靈陶醉客，民營异彩繪新篇。金光灑滿陽江畔，奪錦争流再競先。

——《陽江建市十五周年》

在這裏和諧又是禮賢敬士的温良恭儉：

披肝瀝膽見真誠，共濟同舟摯友情。致富良謀添勝算，奔康妙策助功成。詳陳民意珠璣語，直吐諍言肺腑聲。合力齊心求發展，振興漠邑國昌榮。

——《癸未新春贈陽江市政協同仁》

在這裏和諧還是物阜民豐的樂土風謠：

人山人海唱山歌，山歌唱得草變禾。家中瓦屋變樓宇，窮村變成富貴窩。——《高州山歌之五》

詩寫重陽多怨尤，農夫擊壤醉金秋。禾黃歲稔豐年景，風展歸帆伴海鷗。——《乙亥重陽》

和諧更是多元文化的包容互促：

漠邑迎雙節，古秦語，離騷韵。咸水調，争吟咏。醉流觴。獲譽詩詞市，凱奏高涼。——《六州歌頭·陽江喜獲中國詩詞之市》

輕歌皓齒含情調，柳體柔肢没骨蛇。异域文明開眼界，印加古俗綻奇葩。——《巴西桑巴舞》

和諧即是天人調適的生存狀態：

萬丈金鞭橫九霄，直入仙瑶，帝座斜挑……琉璃溪水唱歌謡。如奏虞韶，似和琴簫。——《一剪梅·金鞭溪》

十里珠簾天造畫，一江烟雨水為詩。他鄉美景添靈趣，不用冥思撚斷髭。——《依瓜蘇魔鬼喉瀑布群》

和諧尤其是童叟熙怡的逍遥與自在：

左右盤旋隨向日，高低上落戲來賓。忘憂老叟

狂年少，得意孩童鷄滚身。——《放風筝》

高樓幢幢緑林稀，側耳凝神知了微。帶子携孫郊野去，童真遠逝盼回歸。——《尋蟬》

繼海同志長期主持文化工作，本身又是詩詞、書法名家，故工作起來得心應手。在打造文化名城，培植軟實力方面成就突出。陽江是天下聞名的中國詩詞之市與楹聯之市。我曾有幸出席陽江詩詞現象討論會，以及在陽江召開的中華詩詞學會十八届詩詞理論研討會，親歷了頒授詩詞之市的盛典。對陽江詩山歌海的熱烈場景以及高品位、群衆性的文化

氛圍，留下了終生難忘的印象。真如繼海佳聯所述：『八維擁翠安居地，甲第連雲教化鄉』（《八甲鎮鶴頂格聯》），『千秋史册詩聯海，百里鼉江翰墨香』（《題江城區文化藝術節》）。陽江不愧為政通人和、文明昌盛的『海濱詩國』與浩浩蕩蕩的詩詞大軍中的排頭兵。它的豐富而鮮活的經驗，是我們共同的財富，值得寶愛和發揚。

《七餘居詩詞稿》中還有一組《赴穗履新，陽江四別》詩中云：『漠江甜水春州米，點滴深銘不盡恩……別夢一簾縈邑里，親情長使沃詩魂。』又云：

『難忘據席談經典，更憶窺園究古今。誼重休言山水隔，清茶一盞別知音』寫于調任廣東文聯新職時，除了惜別情深、令人動容外，還指出了親情、友誼的沃育和山水、典籍的熏陶正是其靈感（詩魂）的源頭活水。自古詩家賢達，例多仁民愛物，繫情烟霞。白居易離杭後有詩云：『燈火家家市，笙歌處處樓。無妨思帝里，不合厭杭州。』其留別郡齋詩：『吟山歌水嘲風月，便是三年官滿時……更無一事移風俗，唯化州民解咏詩。』蘇東坡離杭後有懷錢塘詩：『浮玉山頭日日風，涌金門外已春融……何人識得相思

字，寄與江邊北向鴻。』其西湖懷舊詞云：『別來相憶，知是何人？有湖中月，江邊柳，隴頭雲。』（《行香子》）東坡為登州守，到郡視事只五日，即奉調回京。其留別詩云：『落筆已吞雲夢客，抱琴欲訪水仙詩。莫嫌五日匆匆守，歸去先傳樂職詩。』仁者之襟懷與詩家之妙筆，真如化雨春風，潤物無聲，而有化民成俗的力量。先賢的高風雅致，是最好的榜樣。希望繼海詩家精進不息，為繁榮詩詞文化、構建和諧社會取得更大的成績。

周篤文：中華詩詞學會顧問，中國新聞學院教授。

# 自序

余拙作《鄒繼海詩詞集》出版後，得《文藝報》重視，在京主持召開研討會，組織專家學者、詩詞同道對拙作進行研討，研究成果在《文藝報》整版刊載。人民日報出版社將評論文章結集，出版《鄒繼海詩詞評論集》，文學大家張鍥先生為集作序，并在《人民日報》刊載，為評論集增色添光，一版告罄，再印二版，可見評家之真知灼見，深受讀者歡迎。評家之精辟見解，給余以極大之鼓勵和鞭

策。受此鼓舞，詩詞創作益加勤勉。今藉離別陽江，赴省文聯履新之際，將余近幾年在陽江工作之餘所作之詩詞楹聯習作，再結一集，向詩長詞朋繳交一階段之作業，定名為《七餘居詩詞稿》。

或曰：古來只聞三餘，何來七餘之説？竊以為，三餘者，乃冬者歲之餘，夜者日之餘，陰雨者時之餘。古為農耕社會，冬不耕作，夜早休眠，雨天歇息，故讀書之人，若能善用三餘，即為善用時間，勤奮讀書之人矣。然時移世易，當今之學習，已無冬、夜、陰雨之分，所謂三餘早已名存實亡矣。余讀書寫作多在政務之餘，節假之餘，差旅之餘，品茶之餘，散步之餘，失眠之餘，乃至陪會之餘，此即三餘變七餘之由也。故以七餘居名吾書齋之號。

數年來，余除認真做好政務工作外，堅持擠七餘之時，三更燈火五更鷄，讀書敲詩作書畫，常晨昏顛倒，日夜相追。儘管失去常人不少之樂趣，然焚膏繼晷之餘，每有收獲，仍興奮不已，樂此不疲。余偶悟：心甘情願受此苦，求此樂者，乃千古

哉。余師曰：心甘情願受此苦、於此樂者、乃千古悠然欣賞鑑賞之集、每有收藏、即興奮不已、樂此不疲。晨夕摩挲、日夜相對。雖嘗失去常人不少之樂趣、十集之中、三更燈火五更雞、讀書摘抄書畫、常

數年來、余深認真收藏工作外、堅持齋齋之號。

集、其中三集變十集之由也。其以十集內容合書集、品茶之集、觀光之集、共賞之集、以至師會之矣。余讀書嘗有多種收藏之集、詩詞之集、書法之已集參、改、劉雨之分。既編三集早已合併實十

丁亥仲春於七錄居

是為序。

詩詞小集，謹為交流，求教方家。

為小集增色添光。對前輩之鼓勵，不勝感激。

致謝。中華詩詞學會顧問周篤文教授撥冗作序，

詩集出版，得中華詩詞學會孫軼青會長[illegible]

篇，凡格律[illegible]之作。分篇歸類，方便檢索。

為[illegible]篇，凡[illegible]往來之作：一為[illegible]

志之作：一為[illegible]山篇，凡[illegible]山水之作：一

詩集共分四篇：一為心聲古韻篇，凡古體詩

文人之[illegible]乎？

文人之傻氣乎？

詩集共分四篇：一為心聲扣扉篇，乃抒情述志之作；一為逸志河山篇，乃寄情山水之作；一為飛羽流觴篇，乃酬唱往來之作；一為歌聯雜綴篇，乃格律體外之作。分篇歸類，方便檢索。

詩集出版，得中華詩詞學會孫軼青會長欣然題簽，中華詩詞學會顧問周篤文教授撥冗作序，為小集增色添光。對前輩之提攜，不勝感激。

結此小集，誠為交流，討教方家。

是為序。

丁亥初春於七餘居

# 心聲扣扉篇

七律

## 江澤民同志視察高州三周年

二零零三年二月十五日　元宵節

又是銀花火樹天，觀山教喻憶當年。
俚風古俗催詩興，玉魄清暉惹夢牽。
仿見京畿邀皓月，似聞海子誦詞篇。
甘霖喜露三春雨，緑醉高凉萬里川。

〔注〕清時稱中南海為海子。

七律

欣聞『鄭州宣言』把高州列入全國紅色聖地游景點之一暨江澤民同志視察高州四周年

二零零四年二月五日　元宵節

先河新論起高州，時雨甘霖四夏秋。
萬木欣榮争上進，千帆競發賽中流。
强基偉業抒豪氣，固本鴻圖展壯猷。
赤縣騰飛驚玉宇，九天探月訪星球。

七律

## 憶江總書記下榻觀山五周年

二零零五年二月二十三日　元宵節

一山領袖萬峰姿，舉國揚名『三講』時。大呂黃鐘論『代表』，春風時雨賦新詩。難忘贊許湯圓宴，更憶欣吟元夜詞。卸甲讓賢舒雅逸，偷閑根子賞離枝。

七絶

步和李長春《高州果鄉行》

一九九九年六月十一日

改革縱深開富路，銀行緑色上山頭。
公司基地加農户，農業三高上層樓。

## 附 李長春原詩

一九九九年六月十一日

曲徑通幽香蕉路，芒果龍眼碰人頭。

梯次開發層層緑，星羅棋布荔枝樓。

〔注〕作于高州新垌生態農業示範區

(注)作于高州新垌生態農業示範區

梯次開發層層綠，星羅棋布荔枝樓。

曲徑通幽香蕉路，芒果龍眼碰人頭。

一九九九年六月十一日

附 李長春原詩

新千年中央黨校度中秋偶感

二零零零年中秋

蓉芸鶴窈谷四庫，沒海藏要古深求。

千禧騰旅客中秋，萬里京華晉學修。

〔注〕蓉芸、指況事若以原通。

七絕

七絶

## 新千年中央黨校度中秋偶感

二零零零年中秋

千禧羈旅客中秋，萬里京華晉學修。
格物窮經知至達，欲將韜略苦深求。

〔注〕格物，推究事物之原理。

七律

## 我國首次載人航天飛行成功

二零零三年十月十五日

傲嘯飛天入太空，星河浩杳弋神龍。
欣圓先祖千年夢，喜慰前賢萬户翁。
華夏中興驚域外，九州崛起譽環中。
冲霄豪氣成城志，再訪嫦娥探月宫。

〔注〕萬户，人名，生于明代十四世紀末，國際公認第一個利用火箭飛行之人。

七律

我國首次載人航天飛行成功

二零零三年十月十五日

冲霄豪氣成壯志，再訪嫦娥探月宮。
華夏中興驚域外，九洲福祉譽寰中。
欣圓先祖千年夢，喜獻前賢萬戶翁。
傲肅飛天入太空，星河浩杳女神龍。

[注]萬戶：人名，生于明代十四世紀末，國際公認第一個利用火箭飛人。

七絕

## 神州六號上天

二零零五年十月十二日

繞地巡天七十重，嬌姿再展遨長空。
去來任我穿梭意，辰發酒泉申月宮。

七律　并序

## 誅殲非典保民康

二零零三年夏

癸未之春，非典奪魂；冠狀變種，未明源因。奪命數百，荼毒萬民；既害百姓，尤傷醫君。華夏肆虐，五洲同瘟。商貿受阻滯，游旅少客賓。全球為之驚震，談非典而色愠。乃至封關鎖國，更有弃家出奔。

我黨領袖，勇絶群倫；從容應對，指揮不紊。冒疫區之風險，臨前綫視巡；施治國之良謀，除疫疾病根。舉國上下，奮抗瘟神；同仇敵愾，妙手回春。九州處處，捷報頻頻。

若定指揮方略妙，謀猷非與保民康。

防共滅匪肅清盡，健體強身斗志昂。

猶恐讒言黎庶命，窮凶極惡白衣郎。

戴冠變擁九年注，畢世最殊萬死讎。

戴冠變種九州狂，肆虐環球萬死傷。
極惡饞吞黎庶命，窮凶噬食白衣郎。
防妖滅怪群情奮，健體强身斗志昂。
若定指揮方略妙，誅殲非典保民康。

七絕

## 京城《鄒繼海詩詞作品研討會》感言

二零零三年二月二十五日　于中國作協大廈

授履京華樂負薪，程門立雪藝求臻。

研詞論賦陳思館，柳析條分點諦真。

〔注〕授履，典自《史記·留侯世家》，張良在下邳橋反復為黃石公拾鞋，後受太公陰符韜略。取其尊敬長輩，求取教益之意。

陳思館，是漢魏曹植與詩人好論詩談詞之所。

隔年南回千萬程，春[illegible][illegible]發萬姓歡。

[illegible][illegible][illegible]玉[illegible]分發，雷驅[illegible][illegible]一聲[illegible]。

一 迎 春

上[illegible][illegible][illegible]年年[illegible]

迎春四首

七 絕

七絕

## 咏春四首

二零零五年春

### 一 迎春

新苞破玉笑冬殘，雪壓冰欺一夢還。
雁序南回千蕊綻，春情勃發萬枝彎。

## 二鬧春

羊開三泰緑茵萋，燕語鶯聲對月啼。
絳雪初紅招浪蝶，甘霖潤野試春犁。

〔注〕絳雪，桃花雅稱。

（四）寒梅

年年開遍滿天下，待到春來又開放。

花落香衣餘韻存，紅顏失春色衰老。

三　感　春

## 三感春

瓣落香收斂艷姿，紅顔笑對色衰時。
争妍鬥媚儂天性，待到春來又鬧枝。

〔注〕儂，我。

# 四 送春

春殘當自送春歸，何必傷情獨惘迷。
落水流花隨去也，凌波仙子又臨溪。

七絶

## 咏蟬七首

二零零三年夏

### 一　趣蟬

朦朧一叫夢中驚，爬樹覓尋猴樣精。
聽話停歌隨上學，嚴師查問別吱聲。

## 二靈蟬

清風玉露亦瓊漿，守節遵時應候郎。
嬌吐幽音通律呂，晨歌夕唱合宮商。

三　閑蟬

花紅柳緑艷陽天，翅振吱鳴奏管弦。
横笛彈冰清暑氣，竪簫瀉玉潤心田。

## 四 餓蟬

禾黃未熟噪林囂，逗引饑腸亂撞腰。

餓鬼可曾知歲歉？『食朝』聒耳喊聲嘹！

〔注〕餓鬼，粵西方言稱蟬為『餓鬼』，意蟬在盛夏日長，夏收未獲時節鳴叫，令人更增饑餓感。

食朝，粵西方言，即吃中午飯，和知了叫聲相諧。

食朝，粵西方言，即只中午飯，吞咨了以華相諧。

令人更增饑餓感。

〔注〕餓鬼，粵西方言稱貪嘴者爲『餓鬼』。意謂在盛夏日長，夏收未獲時節飢以。

嚷！

餓鬼可曾知歲數？『食朝』聒耳嘁聲

禾黄未熟噪林囂，這只饑腸亂撞頭。

四　餓　蟬

悶緒驚醒生涯困，殘花枯聽帶悲吟。

顧身仍泊寒哀歎，無事成今淚滿襟。

〔注〕悶緒：心亂意煩貌。

殘花：指經風雨摧殘花枝，即文中殘花。

王敏輯

## 五 煩蟬

懊咿似泣慟哀嘶，無事低吟訴楚凄。
悶瞀驚聞垂泪咽，愁紅怕聽帶悲啼。

〔注〕悶瞀，心煩意亂貌。
愁紅，指經風雨摧殘的花，喻女子愁容。

## 六眠蟬

移床就蔭聽蟬喧，小曲悠揚正好眠。
茂樹遮陰清氣襲，長風扇暑拂垂涎。

## 七尋蟬

高樓幢幢綠林稀，側耳凝神知了微。
帶子攜孫郊野去，童真遠逝盼回歸。

七絕

## 偶感

二零零三年冬

人知天命又如何，歷世經塵百煉磨。
且把七餘怡翰墨，他年再唱大風歌。

〔注〕七餘，古人把冬為歲之餘，夜為日之餘，雨為時之餘，稱為三餘，以贊揚勤學之人善用時間。然世易時移，已名存實亡。余把政務之餘，節假之餘，差旅之餘，品茶之餘，散步之餘，失眠之餘，陪會之餘戲為七餘，并作己之書齋號。

七律

## 學書

二零零三年三月三日

殘毫百冢煉崩雲，廢紙千張悟漏痕。
春蚓秋蛇參造化，魚文鳥迹竊天真。
游山歷水陶靈性，法古師今續火薪。
博學勤思添雅逸，胸盈正氣筆生神。

## 七律

二零零五年冬

### 松

鐵骨蒼鱗鋼刺針，風霜何懼雪難侵。
潔高獨秉千年性，節勁尤彰百尺心。
懶與群芳爭艷麗，好同君子結知音。
肥田美地無身影，石罅危崖閱古今。

七律

赴穗履新　陽江四別

二〇〇六年十二月十八日

一別陽江父老鄉親

別夢一簾縈邑里，親情表使沃游魂。
倚門額手期佳訊，蓋地鋪天涌富村。
舒懷未酬離日近，薄心猶聽踏歌聲。
漠江甘水春州米，點滴深銘不盡恩。

七律

## 赴穗履新　陽江四別

二零零六年十二月十八日

### 一別陽江父老鄉親

漢江甜水春州米，點滴深銘不盡恩。
宏願未酬離日近，蓬心怕聽踏歌喧。
倚門額手期佳訊，蓋地鋪天涌富村。
別夢一簾縈邑里，親情長使沃詩魂。

## 二別陽江文友

秋冬六度寄情深，折柳長亭獨悵吟。
唱和三春添雅興，詩聯兩譽慰吾心[注]。
難忘據席談經典，更憶窺園究古今。
誼重休言山水隔，清茶一盞别知音。

〔注〕陽江榮獲『中華詩詞之市』、『中國楹聯文化城市』兩榮譽。

回憶何年非采讀，一天佳年數回游。

[illegible]溪影半天句，四換滄桑品歲年。

疑本三疊嶂百里，青山九疊畫千嶂。

[illegible]靈美人為在留，十[illegible]。

三別隱江山水

## 三別陽江山水

鍾靈美地醉勾留，步景相移夢幻幽。
緑水三彎詩百里，青山九疊畫千疇。
鳶追雲影爭秋色，日落漁村唱晚舟。
但盼他年離案牘，一天狂作幾回游。

## 四別陽江鴛鴦湖畔

政餘暫覓桃源趣，半刻偷閑避案臺。
信步榕堤吟李杜，靜觀湖月滌塵埃。
今朝且摟東風別，异日當隨紫氣回。
踏遍神州方外境，難忘此地是蓬萊。

七律

## 放風箏

二零零二年　重陽日

半紙裁成蟲鳥樣，圖形彩繪賦鳶魂。
牽拉引逗扶摇起，閃轉騰挪掣電奔。
左右盤旋隨向日，高低上落戲來賓。
忘憂老叟狂年少，得意孩童鷂滾身。

〔注〕扶摇，鵬之雅稱。掣電，鷹之雅稱。
向日，燕之雅稱。來賓，鴻雁之雅稱。

六州歌頭

賀全國第十八屆中華詩詞理論研討會在陽江召開暨陽江喜獲中國詩詞之市盛譽

二零零四年六月二十一日

龍舟競渡，端午荔飄香。蒸裹粽，菖蒲酒，點雄黃。樂兒郎。漠邑迎雙節，古秦語，離騷韵，咸水調，争吟咏，醉流觴。折桂京華，獲譽詩詞市，凱奏高涼。喜春暉嶺海，史册載輝煌。不夜陽

江。耀南疆。看蘭亭會，群賢至，鴻儒聚，論華章。承傳統，開新路，越三唐。再騰驤。步與時俱進，歌堯舜，射天狼。高瞻策，宏猷略，志圖強。驚世雷聲震宇，九垓動，擲地鏗鏘。信東風拂處，生氣滿洪荒。文運榮昌。

〔注〕雙節，指端午節和詩人節。

天狼，星名，以喻貪殘。屈原《九歌·東君》：青雲衣兮白霓，舉長矢兮射天狼。

五絕

## 慶賀全國第十八屆詩詞理論研討會在陽江召開

二零零四年六月二十一日

漢邑群賢聚，詩壇百卉妍。
雲開千騎疾，文化着先鞭。

七律

## 聞根子觀荔亭易名紅荔閣有感

二零零四年冬

欲問亭名更改事，竟因諧讀犯『官停』。流言止智難興浪，讖語逢賢便失靈。應走陽關修正果，何迷曲道念歪經。民心自有春秋稱，不爽纖毫入汗清。

# 甲申元日紀事

往歲履端之節，手機頻響，親朋好友，賀年信息不絕于耳。惜只收不回，似有不敬。甲申正日，新春有感，得七絕『甲申迎春』一首，借作賀歲之禮，與諸友分享春光之樂。出乎意料者，拙作竟拋磚引玉，不少詩友吟長，詩興大發，紛作和詩，計有近百首，亦算詩壇一雅事也。

七絕

## 甲申迎春

二零零四年春節

金猴啓泰駕祥雲，大地回陽景象新。
瑞氣盈門辭客歲，歡歌漫野慶王春。

〔注〕王春，《公羊傳·隱公元年》：春者何？歲之始也；王者孰謂？謂文王也。後遂以『王春』指農曆新春。

七律

## 乙酉迎春

二零零五年春節

震宇驚天接歲歌，鋪霞布錦抹山河。
寒梅不待司晨喚，笑綻銀苞立半坡。
莫羨明年花更好，空教今日白蹉跎。
聞鷄當奮青鋒舞，切記韶華似箭梭。

# 清平樂·丙戌迎春

二零零六年春節

怕聞啼擾，宿歲繽紛覺。更恐吠聲驚曙曉，錯把新年早報。春風不待相催，與梅結伴同回。錦浪千重似海，霞光萬道朝暉。

七律 并序

## 陽江建市十五周年

二零零三年二月二十六日

陽江建市，十有五春。舉市上下，鼓舞歡欣。父老鄉親，意切情真。處處工程剪彩，陣陣鑼鼓喧振。滿街彩燈懸挂，横空樹火花銀。新都崛起，十有五秋。日新月异，破浪飛舟。山海兼備，蓄勢後發争上游；城區巨變，紅花緑樹伴高樓；古埠新港，巡航商海通五洲；三推勤農，嶺南佳果遍山頭；工業强市，刀精剪美銷環球；無烟産業，内客外賓山海游；科技興市，敢先天下拔頭籌；康衢縱横，貨來物往車馬稠；兩陽子弟，玉魄蟾宫折桂收。沃野三千隨抒綣，邑人百萬競風流。天翻暨地覆，祝頌與歌謳。

壯哉！今日之陽江，市强民康，盛如長江。

偉哉！明日之陽江，蒸蒸日上，氣冲霄漢。

雕玉鑲珠十五年，芙蓉艷綻耀南天。

風撩荔海紅漫野，晚唱漁歌樂釣船。

勝境鍾靈陶醉客，民營异彩繪新篇。

金光滿灑陽江畔，奪錦争流再競先。

七律

## 賀陽西建縣十五周年

二零零三年六月

胼胝重興古宋康，天驚石破動玄黃。
西湖景綴瓊樓閣，月亮灣藏玉宇莊。
張氏金刀贏美譽，程村好市創輝煌。
七賢醉和三嫲唱，斗酒千歌共舉觴。

〔注〕

胼胝，指手脚上老繭。手脚都磨出了老繭，形容創業之辛勤勞苦。

宋康，陽西縣城織簣是古宋康郡之所在地。

玄黄，玄，天青色，出自易『坤』：夫玄黄者，天地之雜也，天玄而地黄。後因以玄黄指天地。

西湖、月亮灣，為陽西旅游景點。

七賢，唐宋謫貶嶺南先賢李德裕、寇準、蘇軾、蘇轍、秦觀、趙鼎、胡詮七人，曾途經陽西落駐。清乾隆四十一年（一七七六年）建七賢書院以紀念。現為太平小學校址。

三嫲，嫲即婆也。傳説歌仙劉三姐出生于陽春，為劉三妹；傳歌于廣西，為劉三姐；終老于陽西，為劉三嫲。陽西所以為山歌之鄉，皆因有此山歌之祖。

好市，即蠔豉之諧音，以求吉利，是程村鎮之特產。

七律

## 癸未新春贈陽江市政協同仁

二零零三年春節

披肝瀝膽見真誠，共濟同舟摯友情。
致富良謀添勝算，奔康妙策助功成。
詳陳民意珠璣語，直吐諍言肺腑聲。
合力齊心求發展，振興漠邑國昌榮。

七律 并序

## 陽江詩詞現象研討會紀事

二零零三年八月十日

癸未巧月，時值初秋。陽江市委市府，打造文化名城，誠邀專家學者，共探善策良謀。一時京都之博學鴻儒，詩壇國手，評論大師，省城之文壇名家，漠陽之騷人墨客，群賢畢至，少長咸集。研討陽江詩詞現象，探索詩詞發展之方略，捍衛傳統文化經典，培育和宏揚中華民族之精神，推動詩詞與時俱進，煥發詩詞時代氣息，反映中國當代先進文化之前進方向。專家學者驚天破石之宏論，隨風珠玉之妙語，擲地金聲之高瞻，如開泰之春雷，振聾發聵，如久旱之時雨，潤澤詩田！專家者言：舉詩壇之頂尖，研討一市之詩詞現象，實乃先河之舉。誠是言哉，陽江幸甚！口占一律，以紀盛事。

國際春風[illegible]聯合。[illegible]章。

[illegible]羊。

人分[illegible]國際。出海[illegible]。

群賢畢至[illegible]。[illegible]江。

群賢畢至匯鼉陽，詞浪詩濤涌漢江。
入化宏論驚國際，出神妙賦醉鴛鴦。
翰田喜潤知時雨，騷客欣逢吉瑞羊。
國粹春風熙累洽，繁弦急管奏新章。

〔注〕熙累洽，出自漢班固《兩都賦》：至于永平之際，重熙而累洽。熙，光明也；累，重疊也；洽，合也。指清明安寧之盛世。
國際、鴛鴦，研討會在鴛鴦湖畔之國際大酒店召開。

七律

## 登觀山[注]

一九九九年秋

偎江望塔伴瀛洲，海國蓬萊鬧市浮。
暮鼓晨鐘教鶴静，玉泉古井蘊玄幽。
昭忠英烈芳魂在，羽化茂名仙迹留。
八角亭西存浩氣，一杆秋水釣沉鈎。

〔注〕觀山位于高州市區鑒江西岸，為南粵名山。

七律　登鶴山注

一九九九年秋

八角亭西存浩氣，一杆秋水釣沉鈞。
昭忠英烈芳魂在，歷劫英名信迹留。
暮鼓晨鐘敲靄靜，玉泉古井蘊文醫。
偏江寶塔全年瀉，海國蓬萊閩古海。

〔注〕鶴山位于高州市區鑑江西岸，為高州八景之一。

七絕

## 痛悼啓老

二零零五年六月三十日夜

辛巳隆冬，余負笈京華，謁見文壇泰斗，啓公宗師。荷承啓老降階迎送，禮讓有加。得遂趨庭鯉對，桃李之行，仰沾時雨之化，如坐春風之中。啓老獎掖後學，欣然命筆，為余詩詞結集，並書法展題簽，喜出望外。然詩詞雖已書成付梓，而書法尚未開展，先生却英才天妒，巨星殞落，返駕蓬瀛。留得學海嘉名，千秋鼎盛。教人怎不傷情！

兀傳回首痛關山，敬展郊禋破宇環。
國失通儒余失考，百身何贖卷波瀾。

七絕

## 乙酉重陽

二零零五年九月九日

詩寫重陽多怨尤，農夫擊壤醉金秋。

禾黃歲稔豐年景，風展歸帆伴海鷗。

豐阜人文多俊彥。嶺南新都再揚名。
宋點佔載敦煌史。書墓酒開錦鼓聲。
衡石遺鋒光閃爍。寶壽羅岩展露晶。
語音譜系用風古。天上流來百業生。

二零零七年冬

湯江源古

七律

七律

## 陽江懷古

二零零六年冬

語音諧雅民風古，沃土滋榮百業生。
獨石遺鋳光閃爍，蓮塘驛站馬嘶鳴。
宋船仿載敦煌史，唐墓猶聞銅鼓聲。
豐厚人文多俊彥，嶺南新都再揚程。

七絕

## 丙戌除夕

二零零七年二月十七日

風華歲月逝流過，欣慰詩朋日漸多。
物換花非天不老，夜闌淺唱報春歌。

# 逸志河山篇

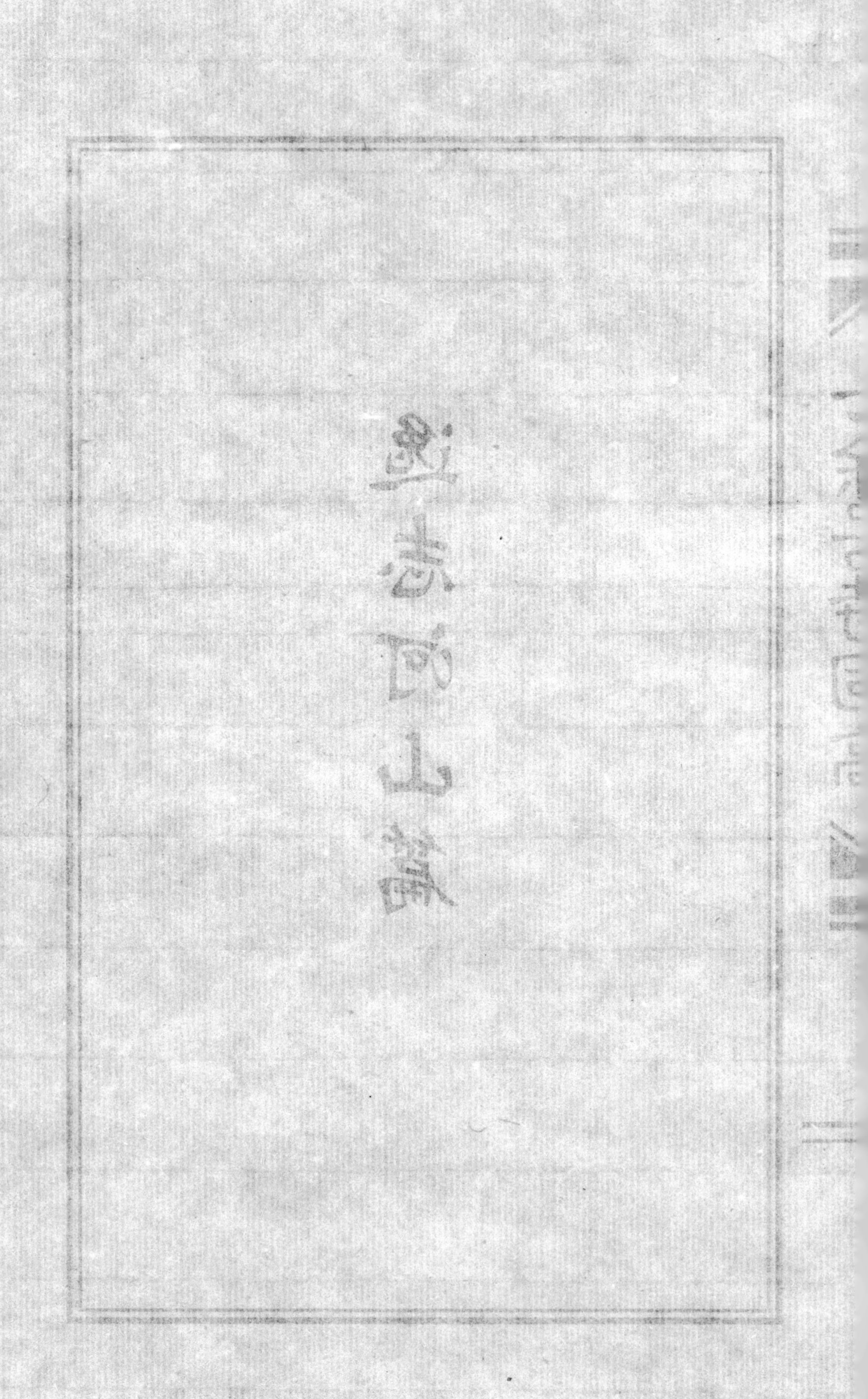

五絕

## 山間胡椒

一九九零年秋

溝壑度秋冬，精華日月供。
玉珠連串串，果老辣香濃。

## 五絕

### 白糖罌荔枝

一九九零年秋

甜脆味清新，罌藏碧玉春。
優稀南嶺果，羨煞古都人。

〔注〕白糖罌荔枝，指高州出產之荔枝，其肪瑩白、不減水晶、液甘香甜、果中極品。相傳郡人高力士入宮侍駕，為討楊貴妃歡心，將家鄉之白糖罌荔枝，飛騎直送長安，供貴妃品嘗。清兩廣總督阮元為此賦詩云：『新歌初譜荔枝香，豈獨楊妃帶笑嘗。應是殿前高力士，最將風味念家鄉。』

古都，指古代帝都長安。

七律

## 峨眉秀色

一九九七年夏

三峨獨秀冠仙姿，淡黛輕描薄粉施。
吐氣凝珠天酒落，含英結露佛光垂。
幽林籟靜蛙鳴鼓，深谷空靈鳥和詩。
夏暑秋冬同一日，陰晴冷暖各相宜。

〔注〕天酒，即露。
同一日，峨眉山垂直温度變化大，山脚是夏，到山頂則要穿棉大衣也。

七律

登泰山巅

一九九八年夏

[illegible]

[illegible]

[illegible]

登[illegible]手[illegible]天，星辰日月伴身边。

[注] [illegible]

七律

## 登泰山巔

一九九八年夏

脚踏封禪手托天，星辰日月伴身邊。
遥觀瀚海如鱗片，俯視黄河似綫涓。
銀漢羅裙清唱妙，瑶池寶髻舞姿妍。
忘形一喊重霄撼，頓覺乾坤我獨尊。

〔注〕封禪，泰山别稱。

七律

## 武夷神秀

一九九九年夏

丹山碧水秀東南，獨石天游第一岩。
玉女亭亭情脉脉，大王屹屹意憨憨。
雲窩薄繞千重霧，水幕高懸百丈潭。
架壑船棺存隱念，紫陽書舍拜儒壇。

〔注〕天游，天游峰為武夷第一勝地，獨石成峰，插雲霧之上，如天上游。玉女、大王，皆武夷山峰，兩峰相望，增添了愛情故事。雲窩、水幕，為武夷景點。

七律

武夷神秀

丹山碧水秀東南，獨石天游第一嵒。
玉女亭亭情脉脉，大王屹屹意憨憨。
雲窩溥繞千重霧，水幕高懸百丈潭。
朱熹踪迹存隱念，紫陽書舍拜儒壇。

一九九九年夏

〔注〕天游，天游峰為武夷第一勝處，獨石成峰，插雲霧之上，名天上游。
玉女、大王，皆武夷山峰，兩峰相望，增添了愛情故事。
雲窩、水幕，為武夷景點。

七律

## 武夷九曲溪

一九九九年夏

三寶星村九曲溪，灘彎水險激流急。
崖張怪獸朝天嘯，石戴旌冠引頸啼。
妙景詩情今客醉，奇峰畫意着人迷。
灘淺急旋驚乍起，雲漢飛來衆目睽。

〔注〕三寶、星村，為九曲溪之兩岸地名。
今，下平八齊韻。睽音奎，睽睽。

七律

## 武夷九曲溪

一九九九年夏

三寶星村九曲溪，灘彎水險激流嘶。
崖張怪嘴朝天嘯，石戴雄冠引頸啼。
妙景詩情令客醉，奇峰畫意着人迷。
離弦急筏驚呼起，雲漢飛來衆目睽。

〔注〕三寶、星村，為九曲溪之起止地。令，下平八庚韵讀凌音，使也，動詞。

七律

## 登嵩山峻極峰

二零零零年五月一日

山谷空遺呼萬歲，何朝九五壽無疆？
秦槐屢受兵災劫，周柏頻遭戰火殃。
兩室奇山逢盛世，三臺异景放豪光。
祖庭喜會曹溪客，寶殿欣逢習武郎。

〔注〕萬歲，傳説漢武帝登峻極峰途經啓母石時，聞山呼萬歲之聲，回蕩山谷，當即詔令封『萬歲峰』，建『萬歲亭』、『萬歲宫』。

兩室，指太室、少室。

三臺，指觀星測景之臺。

曹溪，即曹洞。少林寺為佛教禪宗之曹洞派，流傳于我國和日本。

七律

## 華山險絕

二零零二年十一月

雄奇峻絶刺青天，傲視群山險獨尊。
地載瑶池驚素月，神開勝境羡荷仙。
痴雲羞怯撩腮角，爽籟纏綿撫鬢邊。
百里秦川浮脚下，三河沃野變蜿蜒。

七律

## 西湖靈隱寺

二零零零年十月

西天佛駕飛來鷲，寺隱靈山播善因。
萬載梵音開覺路，千年法雨滌凡塵。
清香月桂寒宮物，素艷蓮花水國神。
佛地頻遭兵火劫，雲林喜遇太平春。

〔注〕飛來、月季、蓮花，皆為武林山之山峰。
兵火劫，據可查資料，靈隱寺遭兵火災難有六次之多。
雲林，靈隱寺又名雲林禪寺。

雲林，靈隱寺又名雲林禪寺。

兵火劫，據可查資料，靈隱寺遭兵火災難有六次之多。

〔注〕飛來、月桂、蓮花，皆爲杭州山之山峰。

佛地頻遭兵火劫。雲林喜遇太平春。

清香月桂寒宮殿。素艷蓮花水國禪。

萬載梵音開覺路，千年法雨滌凡塵。

西天佛國飛來鷲，寺隱靈山播善因。

二零零零年十月

西湖靈隱寺

七律

南岳五峰

七律

五嶺千山朝火帝，祝融疊嶂擁嵩恭。
九霄霧裹畢回旋，一瀑空中會祝融。
天柱穿雲通玉宇，紫蓋攜抱隱仙宮。
香爐裊篆高蒼穹，金簡綠書大禹功。

二零零一年三月

〔注〕香爐、金簡、天柱、紫蓋、祝融，為衡山五峰，祝融為主峰。
回旋，形容壯觀。
空中一瀑，祝融峰八十景。

## 七律

### 南岳五峰

二零零一年三月

香爐裊篆寫蒼穹，金簡銘書大禹功。
天柱穿雲通玉宇，紫霞蓋地隱仙宮。
九霄霧裏尋回禄，一渡空中會祝融。
五嶺千山朝火帝，層巒疊嶂禮謙恭。

〔注〕香爐、金簡、天柱、紫蓋、祝融，為衡山五峰，祝融為主峰。回禄，赤帝別稱。空中一渡，祝融峰之一景。

## 七律　并序

# 謁戴府墓

二零零二年秋

陽西净業寺後山之上，有高州知府戴錫綸墓一座。戴君錫綸者，河南光山舉人也。清嘉慶二十四年（一八一九年）署高州知府，精通堪輿地理。在任時與高州風水師『本地姜』斗法風水，趣聞軼事，稗史流傳，不滿一年即離任。回鄉途經净業寺，為北眉跳架山風水所傾倒，遂剃度為僧，法號大千，為净業寺第三代祖師，其妻女也去上洋真宇庵落髮為尼。嗟夫，一任知府，竟痴迷風水，終老如斯。

七律 并序

# 謁戴府墓

二零零二年秋

陽西淨業寺後山之上，有高州知府戴錫綸墓一座。戴君錫綸者，河南光山舉人也。清嘉慶二十四年（一八一九年）署高州知府，精通堪輿地理。在任時與高州風水師『本地姜』半法風水，戴聞其事，鄙其淺薄，不滿一年即離任。回鄉途經淨業寺，為此間梁山風水所傾倒，遂剃度為僧，法號大千，為淨業寺第三代祖師。其妻文氏去上洋真宇庵落髮為尼。嗟夫，一任知府，竟溺於風水，終於出家。

〔注〕堪輿、又稱相地術、是中國古代一門關于相宅相墓之學問。

大比、指封建科舉時代選拔舉子之考試。

青囊、古人常以青色囊袋盛風水書、因而青囊便成了『風水』之代稱。

紫微、即研究星相之學問。

孤墳詭野風蕭索，似聽論師誦梵經。

輩女攜妻服鹿究，猶宜弃印坐禪庭。

府君職本求民富，太守何須斗法靈。

大比曾擢舉子名，青囊一盤紫微精。

大比曾膺舉子名，青囊卜筮紫微精。
府君職本求民富，太守何須斗法靈。
挈女携妻皈鹿宛，抛官弃印坐禪庭。
孤墳詭野風蕭索，似聽綸師誦梵經。

〔注〕 堪輿，又稱相地術，是中國古代一門關于相宅相墓之學問。
大比，封建科舉時省級選拔舉子之考試。
青囊，古人常以青色囊袋盛風水書，因而青囊便成了『風水』之代稱。
紫微，研究星相之學問。

七律

## 訪南泥灣

二零零二年十一月

南泥赤土化殘霜，漫野山桃訴海桑。
利斧鋒鐮開世界，纓槍土炮抗倭狼。
艱難奮斗耕耘樂，自力更生織造忙。
儉樸長留風氣正，民心永繫國家强。

七律

## 觀黃河壺口瀑布

二零零二年十一月

吞山卷石三千里，奪隘冲關數百重。
搏激壺門驚晋陝，騰翻濁浪撼蒼穹。
掀天揭地鰲威壯，裂壁撕崖虎勢雄。
劈破龍漕流沃野，滋生萬類福桑農。

七絶

## 東平防浪大堤

二零零三年三月

六鰲翻背千山没，萬馬奔騰一綫來。
雪陣銀堆掀嘯浪，金湯鐵壩鎮瀾灾。

雲陣銀推放嘯浪，金濤鐵壩鎮瀾安。
六鰲翻背千山沒，萬馬奔騰一綫來。

二零零三年二月

東平防浪大堤

七絕

## 東平漁港

七律

迷人更是珍珠景，綠樹銀灘水澈清。
風起知歸龍眼井，潮生有信萬洲晴。
航帆萬片漁燈伴，卷雪千重得趣迎。
碧海藍天波不驚，東平港畔曉霞明。

二零零三年三月

〔注〕龍眼井，本島之名勝。

七律

## 東平漁港

二零零三年三月

碧海藍天浪不驚，東平港畔晚霞明。
航帆萬片漁燈伴，卷雪千重得趣迎。
風起知歸龍眼井，潮生有信葛洲情。
迷人更是珍珠景，緑蔭銀灘水澈清。

〔注〕得趣，海鷗之雅稱。

# 陽江十景吟　并序

二零零三年秋

兩陽古為百越之地，少數民族聚居之所，漢高涼郡曾署于斯。山海瑰麗，人文深厚，素有八景之傳。時移世易，多已實變名存。癸未之秋，市委市府，組織學者專家，歷時三月，踏遍全市關河，發動萬民參與，精評十景，借以彰顯漢邑風光，推動旅游産業。書記林公囑余：君佩才思，為景韵之，引領詩界同仁頌唱！余雖欣然受命，深恐心力不濟。陽江人杰地靈，前賢後俊，聖哲通人，多已吟咏，再度寫來，能出其右乎？林公之重托，豈可却哉！余惟勉力為之。拙詩十律，恭獻詩友詞朋，文化同道，期能拋磚引玉，咏唱漠陽，共建文化名城。

## 一 角灣弄潮

大角灣，水清沙純。狀似牛角，形如弓彎。三面群峰環抱，萬頃碧波相擁。四季陽光燦爛，時序長春；常年海風弄潮，濤聲輕送。角灣弄潮，陽江十景之首。

濤藍岸綠白沙灘，海抱山環大角灣。
噴雪飛舟追燕樂，翻花滑板弄潮歡。
隨波振臂騰蛟去，戲浪喧聲俏女還。
晚唱漁歌新畫景，紅霞一抹送歸帆。

## 二　凌霄秀色

陽春東北山區，一條南北走向、長達百餘公里之石灰岩峰帶，構成奇偉瑰麗、風貌獨特之陽春山水，乃我國大陸最南端之岩溶地貌，被授予『國家地質公園』，其『凌霄岩、玉溪三洞、春灣景區』堪稱三絕。此處奇峰异景滿目，怪石幽岩遍布，溶洞暗河偶露，歷史遺迹衆多，神話掌故流傳，素有『南國小桂林』之美譽，為歷代騷人墨客所傾倒。凌霄秀色，陽江十景之二。

一岩勝境挂凌霄，滿洞琉璃碧翠搖。
金盞輕彈新曲調，桃源淺唱古歌謠。
劍林拔地冲牛斗，蠟燭通天照夜宵。
偷得龍宮三變石，皇冠頂戴赴瓊瑶。

## 三　温泉星島

東湖四面環山，景色幽美。湖中一百零八島，宛如銀盤翡翠。温泉度假村將中國之古典與日式之浪漫完美糅合，透露出特有之温泉文化。温泉星島，陽江十景之三。

東湖春水擁青螺，隔岸桃花映緑荷。
歸燕有情尋舊景，游魚無意弄清波。
仙泉反老驪山井，靈液還童銀漢河。
异域風光添秀色，扶桑殿閣露嵯峨。

## 四　鴛水飛箏

鴛鴦湖公園，位處市區之中。乃人造之連環水庫，逶迤盤曲，恰似鴛鴦纏綿相對，嘉冠美名。湖水清澈，瀲灩碧波。堤柳摇曳，婀娜婆娑。南向青山懷抱，鳥聲相和；北岸瓊樓林立，華燈星羅。湖中半島，橋連孤島，劈湖兩半，緑水環繞，建成國際風箏放飛場。秋高之日，各國好手，藍天百箏競飛，緑地湖水相襯。名齊濰坊，聲播海外，獨享『南國風箏之鄉』美譽。鴛水飛箏，陽江十景之四。

銀河瀉落漫天星，映照鴛湖徹夜明。
情侶傍花心對印，幽林隔岸鶴孤鳴。

七絃風韻華夢憶，珠光長擁漢陽坡。
秋高引領千萬語，氣爽話來百雁逢。

（注）七絃風韻乃風華樹下風人詩畫譜。

秋高引領千鳶競，氣爽招來百雁停。
七彩風魂牽夢意，珠光長耀漢陽城。

〔注〕七彩風魂乃風箏場『風之魂』雕塑。

## 五　銀灘古韵

海陵島中部之十里銀灘，灘長沙净，風勁水清，獲『大世界吉尼斯之最』殊榮。有古色古香之宋城，更將建國家水下考古博物館，陳放南海一號文物，再現海上敦煌之文明。銀灘古韵，陽江十景之五。

漠海千年遺宋韵，中興盛世現敦煌。
絲綢古道通西域，世貿新航越大洋。
候鳥戀歸仙景岸，信濤謁覲草山王。
銀灘十里招金鳳，巧手描裁玄圃莊。

〔注〕草山王，銀灘北依草王山，建有我國第一座『影視明星紀念碑』。玄圃莊，昆侖山神仙居住之所。

## 六　垌山萬佛

大垌山净業寺，始建清康熙十六年。净業者，佛家之清净善業也。種善業者，得往生西方之極樂國土。净業寺勝境鍾靈，背靠北眉跳架，環抱觀音山，左有燕子坐横梁守護，右有木魚頭嶺相望。群山擁抱，層林翻浪。古樹婆娑，清流繞寺。更有緬玉卧佛，稱雄華夏。垌山萬佛，陽江十景之六。

萬佛傳燈大垌山，北眉跳架慧門壇。
參禪燕子横粱坐，悟法魚頭南嶺還。
緬玉通靈開覺路，珠林播善化愚頑。
光明普照蓮花界，百孽消除净世間。

〔注〕傳燈，傳播佛法。　珠林，即佛地。

## 七　大澳漁風

東平大澳漁村，乃古漁港，史稱六澳之首，是古海上絲綢之路必經港。昔日港口商貿繁盛，與廣州十三行相列，俗稱『十三行尾』。村中保持古漁村風貌，遺迹衆多，古色古香，為漁家民俗文化之珍品。大澳漁風，陽江十景之七。

天水兩茫大澳灣，觀音嶺下浪淘灘。
漁村百户風情厚，絲路千年古迹斑。
海角瓊樓迎日出，葛洲帆影伴歌還。
十三行尾觀光客，笑語歡聲遏碧瀾。

## 八　北塔迎曦

北山石塔，建于南宋寶佑年間，距今七百四十餘年，原鼉城古八景之一。收録《中國古塔鑒賞》中，作為文峰塔，以振興郡邑之科舉。塔高九層，身呈八角，花崗石條壘疊而成。南面陰刻『福禄來朝』四字，寄托邑人借風水致富騰達之厚望。繞塔四眺，鼉城風貌盡收眼底。塔旁有瑞禾石，狀似蓮花，為南宋南恩郡守涂九大所刻，距今也有七百餘年。為紀郡内出現三穗雙穗禾稻之喜事，刻『瑞禾』二字，以賀天降吉祥之兆，足見時年饑饉，官民渴盼豐收之念。北塔迎曦，陽江十景之八。

福禄來朝原一夢，瑞禾勒石證荒炊。
春徽漠海凌雲志，塔繪鼉城盛世姿。

古閣金鷄重報曉。北山曲水又吟詩。

陰霾早伴時光逝，聳立浮圖沐曙曦。

〔注〕徽，美、善。傳：『徽，美也，善也。』

金鷄古閣、曲水流觴，均為鼉城舊景。

浮圖，塔。為梵語音譯，又稱浮屠。

# 九　峨凰飄瀑

峨凰飄瀑，位于八甲大山。主峰峨凰嶂一千三百餘米，山高林密，有衆多瀕臨滅絶之奇花珍樹，為廣東省級自然保護區。山上有拔地五百餘米之天湖水庫，落差二百餘米之白水瀑布，湖景山色秀鬱。峨凰飄瀑，陽江十景之九。

封喉毒樹護峨凰，猪血虎顔霧嶂藏。
夢蝶游仙烟幻弄，天池泛棹鶴鷩翔。
風摇白練穿雲壯，雷炸晴空噴雪狂。

野翠山嵐花斗艷，奇峰秀水著南疆。

〔注〕封喉毒樹，俗稱見血封喉樹，峨凰嶂保護區珍稀樹種，有毒，可作藥。

猪血虎顔，猪血木，屬山茶花科，因樹干上流出之樹液顔色殷紅如猪血而得名，屬珍稀樹種。虎顔花，屬野牡丹科，是一種肉質植物，非常嬌氣，在世界其他地方已絶種，是峨凰嶂特有屬植物。

十　古覺禪林

[illegible]

本縣古十景之一。

[illegible]

## 十　石覺禪林

石覺寺原名石角寺，更改寺名者，取其頑石亦能覺悟之意也。明永樂二十一年，于唐開元寺舊址興建。承傳千年法脉，香火旺盛，僧侶雲集，地處鬧市，濱臨漠江，歷代衆多詩人墨客題詩留墨。石覺禪林，陽江十景之末。

佛法無邊墜雨花，點頭石角早聞鴉。
六根惘亂求菩薩，三世懵迷問釋迦。
漠水欣歌昌盛世，鉢山喜沐吉祥霞。

天王寶殿鐘聲繞，鬧市囂塵清净家。

〔注〕墜雨花、點頭石角，《幼學瓊林》：梁高僧談經入妙，可使岩石點頭，天花墜地。

聞鴉，指覺悟得道。

六根，佛教認為，人之目、耳、鼻、舌、身、意為六根，人之一切罪業，均由六根所造。只有六根清净了，可以做到一塵不染。

菩薩，原為釋迦牟尼修行未成佛時之稱號，後用于對大乘思想實行者之稱呼。一般對崇拜之神像，也稱菩薩。

三世，佛教以過去、現在、未來為三世，世界衆生以因果關係，輾轉輪回。

書宜賣硯復賣字，四十年華落江湖。

昔日黃泥小廣州，春灣王子盡高樓。

[illegible]

春灣采風

七絕

## 春灣采風

二零零三年秋

昔日黃泥小廣州，春灣玉宇盡瓊樓。
龍宮寶殿迎賓客，四季鮮蔬俏五洲。

〔注〕春灣鎮在明崇禎年間稱黃泥圩，民國時曾一度成為沿海食鹽內銷轉運中心，抗日戰爭時私立廣東國民大學曾從廣州遷此，故有『小廣州』之稱。

七絶

## 圭崗采風

二零零三年秋

地緑天藍見玉圭，那林水畔現春暉。
千山柑橘黄金燦，萬頃林濤白鷺飛。

〔注〕圭崗圩原稱龜崗，因『龜』字不雅，改名圭崗。圭者，玉璧也。那林，即圭崗鎮那林河。

七絕 順風體

## 鴛鴦湖

二零零三年秋

鴛隨鴦戲逐花舟，鯉躍津門伴白鷗。
金風吹皺蜃樓影，驚世靈芝萬里游。

〔注〕白鷗，鴛鴦湖中心舞臺為海鷗型設計。
靈芝，陽江靈芝形風箏獲國際金獎。

一剪梅　五首

## 張家界

二零零三年九月二十日

### 其一　武陵源

滄海隆山億萬年，風雨刀鞭，歲月雕鎸。奇峰春笋隱雲端，神闕空懸，妙境垂天。

霞霧騰翻幻境千，才見低翾，轉眼穹巔。青松咬石緑湘川，幽谷清泉，勝似蓬仙。

## 一剪梅 五首

### 張家界

二零零三年九月二十日

#### 其一 武陵源

滄海陸山億萬年，風雨刀鞭，歲月雕鐫。奇峰春筍隱雲端，神闕空懸，妙境垂天。

霞霧靄蟠幻境千，又見依然，轉眼空濛。青松交石綠湘川，幽谷清泉，勝似蓬仙。

## 其二　黄石寨

黄石雄獅踞半空，足下千峰，氣象無窮。銅墻鐵壁萬年松，五指迎風，摘采星宫。寶匣天書懲懶翁，土地公公，背媳恭躬。鴛鴦纏繞意情濃，千里相逢，拜月盟忠。

〔注〕銅墻鐵壁、萬年松、五指峰、摘星臺、寶匣天書、土地公公背媳婦、鴛鴦藤、千里相逢、兔兒拜月等，皆黄石寨之景點。

## 其三　金鞭溪

萬丈金鞭橫九霄，直入仙瑤，帝座斜挑。精忠衛護伴神雕，晾翅雄梟，威壓山魈。

古木擎天意態嬌，藤蟒纏腰，傘蓋霞綃。琉璃溪水唱歌謠，如奏虞韶，似和琴簫。

## 其四　十里畫廊

似畫如詩十里廊，步步琳琅，處處青蒼。南天門外好風光，錦鼠凝望，衆女燒香。西海千山雲霧藏，滿眼迷茫，偶見鋒芒。嬌娃仰卧睡牙床，百媚依傍，艷絶三湘。

〔注〕南天門、錦鼠觀天、衆女拜觀音、西海幻境、睡美人等為十里畫廊景觀。

其五　黄龍洞

魔洞黄龍絶世塵，獨善修身，巧造乾坤。陰河棹筏泛幽夤，摇曳魂磷，冷汗沾巾。

鐘乳浮懸异彩紛，大聖猴君，揮舞千鈞。四潭三瀑架飛津，脚踏祥雲，掌托星辰。

七律三首　并序

## 南非行

### 其一　過南非黑人區有感　并序

二零零三年四月三日

南非，乃非洲之首富國，[illegible]。然僅隔一牆
區，即有大片黑人貧民窟，[illegible]二十四年。[illegible]
室，[illegible]，缺水少電，[illegible]。生活水平低下，令人
[illegible]。

七律三首　并序

# 南非行

## 其一　過南非黑人區有感　并序

二零零三年四月三日

南非，乃非洲之首强首富國，有非洲之歐洲美稱。然每到一市區，都有大片黑人貧民窟，甚至連嶝一二十里者。鐵皮木片，方丈斗室，層床叠架，蝸居一家，缺水少電，環境惡劣。生活水平低下，令人頓生憐憫。消除貧富懸殊，乃當今世界一大主題也。

綠蔭紅樓美景收，蝸居十里亂驚眸。
連營華户遥遮目，遍地蓬廬矮碰頭。
欲寢無床門口瞌，充饑缺食路邊求。
黑胞兄弟除貧日，世界安寧少一憂。

〔注〕華户，用荆條或竹子編成之遮欄物，窮苦人之家。

〔注〕華人，用井等改在中論改入議讀今，議古人之來。

黑跑兄弟保貧日，拄果安寧少一憂。

沒處無床門口睡，不嫌史食路邊來。

連普華人海灘日，道者撲廳孫鑄頭。

綠森伴樹美景夜，鳴呂十里鳳鸞羣。

## 其二 好望角感言 并序

二零零三年三月三十日

好望角者，乃非洲大陸西南端之半島也。為印度洋、大西洋之界[illegible]。西方殖民者以此為侵入非洲之[illegible]。[illegible]，以好望角為據點，掠奪資源，販賣黑奴，給非洲帶來了無[illegible]。[illegible]，大肆掠奪十[illegible]。

蠻濤拍岸聲聲咽，浪說當年由海[illegible]。
販賣黑奴兼暴斂，吞[illegible]毀文明。
黃金鑽石皆[illegible]，寶藏肥田[illegible]歸。
望角無辜遭霸佔，非洲[illegible]。

## 其二　好望角感言　并序

二零零三年三月三十日

好望角者，乃非洲大陸西南端之半島也。扼印度洋、大西洋之要冲，是冷暖洋流交匯之處，為歐亞海運之必經。自歐洲探險家發現非洲大陸後，以好望角為航標，掠奪資源，販賣黑奴，給非洲帶來了無窮災難。嗟乎，看兩洋之冷暖，觀人世之滄桑，不禁感慨萬千。

地角無辜好望名，非洲自始起刀兵。
黃金鑽石招屠戮，寶藏肥田惹殺腥。
販賣黑奴謀暴利，吞侵异族毀文明。
翻濤拍岸嗚嗚咽，訴説當年血泪聲。

## 其三　桌山游　并序

二零零三年三月三十日

桌山，乃南非開普敦市區之一石山，三億二千萬年前，由海底造山所成。山高一千多米，頂寬四百五十多畝，垂直壁立，平整如桌，因此得名。桌山西臨大西洋，東望印度洋，北靠市區，浮雲繚繞，蔚為壯觀。

橫空壁立九霄巔，巨桌天成會衆仙。
似錦雲霞生石面，如茵綠浪涌臺前。
鑲金玉盞葡萄酒，嵌鑽犀杯瑪瑙樽。
列國賓朋邀共醉，他鄉喜設五洲筵。

## 其三　東山游　并序

二零零三年三月四日

東山位於太湖東岸，[illegible]

[illegible]

[illegible]

列國[illegible]。[illegible]。

[illegible]。[illegible]。

[illegible]。[illegible]。

[illegible]。[illegible]。

大唐今歲入晴早。[illegible]夜沾古[illegible][illegible]。
[illegible][illegible]游[illegible][illegible]谷手。[illegible][illegible]入[illegible][illegible][illegible]。
[illegible][illegible]出[illegible][illegible][illegible][illegible]。[illegible][illegible][illegible]江[illegible][illegible][illegible]。
[illegible][illegible][illegible]千[illegible][illegible]空。[illegible][illegible][illegible][illegible][illegible][illegible][illegible]。

其一　乘[illegible]車谷黃山

[illegible]

游黃山二首

[illegible]

七律

## 游黃山二首

二零零五年春

### 其一　乘纜車登黃山

躡纜飛升萬仞空，千峰壁立接蒼穹。
無心出岫烟嵐杳，有意尋江溪瀑雄。
眨眼游離雲谷寺，瞬間步入廣寒宮。
太虛冷暖人情异？應是淡凉世態同。

其二　游黃山

奇峰七十會天都，夢筆生輝繪錦圖。
足駕蓮花迎旭日，手摇始信唤仙姑。
古松异石通靈性，飛瀑流溪瀉玉珠。
仿坐青牛游閬苑，分明塵世一蓬壺。

分坐青山游閩粵，分明重由卜[illegible]畫。

古洛[illegible]占臨[illegible]往，淵瀑流泉滴玉珠。

只隨[illegible]杖尚過日，手[illegible][illegible]信與仙游。

寺繞七十會天游，雲峯[illegible][illegible][illegible]錦圖。

其二　游黃山

七律

## 游雁蕩山二首

二零零五年四月

### 一　剪刀峰

裁雲鑲錦九霄空，巧剪長天七彩虹。
鳴鰐浮波驚抱婦，昭君出塞悵飛鴻。
含苞蘭朵香招蝶，啄木鳥兒饑覓蟲。
最是勾人心魄處，景隨步變幻無窮。

## 二　合掌峰

虔虔合掌禮長參，裊裊祥雲紫竹林。
久別夫妻喃燕語，相思少女吐痴心。
孤鷹展翅憑來往，雙乳橫空傲古今。
驚見神工施雁蕩，天開石罅奉觀音。

驚見神工施匯瀉，天開石韓奉觀音。
孤巖果越憑來往，雙乳撐空傲古今。
久別夫妻需無語，相思少女正痴心。
虔虔合掌禮更多，裊裊祥雲繞竹林。

二 合掌峰

七律

訪加拿大再游尼亞加拉大瀑布

二零零六年九月二十七日

銀河崩塌半邊西，若來山落萬馬嘶。

瀑谷涵靈侵日近，排空雪浪接天低。

驚鳴一葉飛千渡，奮翮群鷗高處啼。

瀾海非流東萬海，河書滿吉運來。

七律

## 訪加拿大再游尼亞加拉大瀑布

二零零六年九月二十七日

銀河崩塌宇傾西，地裂山摇萬馬嘶。
脱谷烟霞侵日近，排空雪浪恨天低。
驚魂一葉飛升渡，奮翮群鷗嬉戲啼。
願得湍流長蕩滌，煩囂濾盡却塵迷。

七律

## 觀陽江國之瑰寶工藝館

二零零六年十一月二十五日

咫尺花梨歸百鳥，千年烏木變群仙。
神工鏤得雲龍舞，妙手雕來金鳳翩。
河上清明傳國寶，屏中羅漢化禪緣。
滿堂經典齊邀寵，一館奇珍各獻妍。

人間應是和平世。豈許強權獨霸謀。
拉美亞非雖異語。紅黃黑白共同游。
回看川岳成斑境。彈指春冬變夏秋。
四萬里途星一日。一宵畫盡越三洲。

—— 乘機經非洲赴南美有感

二零零六年九月

## 南美行

七律 九首

七律 九首

## 南美行

二零零六年九月

### 一 乘機經非洲赴南美有感

四萬里追星趕日，一宵晝奮越三洲。
回看川岳成蛇蜆，彈指春冬變夏秋。
拉美亞非雖异語，紅黄黑白却同游。
人間應是和平世，豈許强權獨霸謀。

## 二　從巴西溯流探依瓜蘇瀑布群[注]

沉浮拽擲伏波巔，逆湍瘋狂氣筏船。
素練垂天雲外瀉，蛟龍裂岸水中旋。
雙虹競起橫空架，一石分流飛雪濺。
群燕歡喧迷擊浪，游人折步醉留連。

〔注〕依瓜蘇瀑布處巴西南部與阿根廷國境交界處。由二七五個瀑布組成之馬蹄形依瓜蘇瀑布群，高八十多米，瀑布聲如雷鳴，遠傳二十多公里，濺起之珠簾霧幕高達一百多米，寬五公里，寬度為世界之最，是世界三大瀑布之一。

二　遊巴西阿根廷探依瓜蘇瀑布群（注）

飛燕驚聞迷轟浪，游人并步踏廊連。
雙虹競起橫空架，一石分流飛雪濺。
素練垂天雲外瀉，蛟龍裂岸水中流。
沉浮散聚伏波瀾，流匯瀛往氣夜吞。

〔注〕依瓜蘇瀑布在巴西與阿根廷兩國交界處，由二七五個瀑布組成，以馬蹄形依瓜蘇瀑布群，高八十多米，瀑布聲如雷鳴，據傳二十多公里，縱觀之米豐瀑布高達七十多米，寬五公里，寬度為世界之最，是世界三大瀑布之一。

三　從阿根廷鳥瞰依瓜

蘇之魔鬼喉瀑布群

魔鬼咽喉幻洪流，滔響鼎沸六蕭落。

擁山雪嶂疾疊疊，技安波瀾呂百鍾。

十里珠簾天造畫，一江煙雨水為詩。

詢鄉美景添靈感，不用冥思搜斷說。

三　從阿根廷鳥瞰依瓜蘇之魔鬼喉瀑布群

魔鬼咽喉幻法施，淵翻鼎沸六鰲移。
欺山雪嶂凌虛疊，拔地波瀾昂首辭。
十里珠簾天造畫，一江烟雨水為詩。
他鄉美景添靈趣，不用冥思撚斷髭。

四　過秘魯沿海千里沙漠有感

千里黃沙滿目焦，生機斷絶熱風燎。
晴空酷日無飛鳥，曠野窮家有破寮。
面海銀灘空美麗，連天荒漠嘆蕭條。
上蒼何故慳時雨，快降甘霖濟腹枵。

上蒼何安遲時雨，快降甘霖濟腹苦。
面海銀灘空美麗，連天荒漠冀蕭條。
晴空酷日無飛鳥，曠野窮家有破寮。
千里黃沙滿目焦，生機斷絕熱風撩。

四　過秘魯沿海千里沙漠有感

五　登科科瓦多山觀里約市容瞻耶穌立像

發暴同胞迷本性，相諧相處講兼容。

陸靈偏倚耶穌面，聖子俯看西亞峰。

碧水銀灘千頃浪，紅樓綠樹百尺松。

湖環海繞倚危峰，一日精雕萬世宗。注

〔注〕傳說上帝用六天創造天地，第七天用一整天創造里約熱內盧，故里約之美不同凡響。

五　登科科瓦多山觀里約市容瞻耶蘇立像

湖環海繞倚危峰，一日精雕萬世宗。注
碧水銀灘千頃浪，紅樓緑樹百尺松。
陰霾偏掩耶蘇面，聖子愧看西亞烽。
殘暴同胞迷本性，和諧相處講兼容。

〔注〕傳説上帝用六天創造天地，却花了一整天創造里約熱内盧，故里約城之美不同凡響。

## 六　秘魯鳥島游

海闊天高鳥島低，驕陽蒸靄一望迷。
鵜鶘結陣追魚啄，鷗燕排空戲浪啼。
波駭濤驚藏愠惱，獅哀豹咽訴惶凄。
但留方寸清涼地，不惹紅塵化外栖。

當年洪踞蒙來侵，今日國強客海濱。
鐐銬梏身淘采業，米湯裹腹沾唇饑。
漂洋豬仔遭欺詐，過埠華工受禁囚。
島嶼冤魂血泪留，淘金美夢失危洋。

魯島島旅島嶼有感

七 百年前華工被囚禁

## 七　百年前華工被囚秘魯鳥島挖鳥糞有感

鳥島冤魂血泪留，淘金美夢走他洲。
漂洋猪仔遭欺詐，過埠華工受禁囚。
鐐銬枷身掏屎糞，米湯裹腹活骷髏。
當年族弱蒙凌辱，今日國强跨海游。

## 八 乘機鳥瞰秘魯維斯卡地畫

傾側盤旋俯仰犁，行空瞬瞰究疑迷。
章魚蜂鳥蜘蛛手，三角幾何射綫梯。
有說外星標志也，亦猜氏族祭天兮。
神奇地畫荒原現，瀚海鈎沉萬古謎。

神奇古畫荒原現，瀚海岩沉萬古蹤。
有說外星標志古，亦猜乃族祭天令。
章魚蜂鳥蜘蛛年，三角幾何與螺旋。
鵜鶘盤旋俯合翅，行空躍變究探深。

八　乘機鳥瞰秘魯納斯卡地畫

異域文明開眼界，印古谷綻奇葩。
熱舞帶齒合情調，婆體柔皮沒骨秀。
綵面紋身披錦衫，驚鼓急節伴跳躍。
國人盛讚舞桑巴，風靡寰宇譽無涯。

九　巴西桑巴舞

## 九　巴西桑巴舞

國之瑰寶舞桑巴，腰細臀寬俏黑娃。
彩面紋身披錦羽，驚鼉急管伴琵琶。
輕歌皓齒含情調，柳體柔肢没骨蛇。
异域文明開眼界，印加古俗綻奇葩。

七絶

## 大河水庫

二零零五年夏

横空一壩截天河，巧調甘霖伏旱魔。

千嶂層巒舒畫卷，三秋汗水蕩清波。

# 飛羽流觴篇

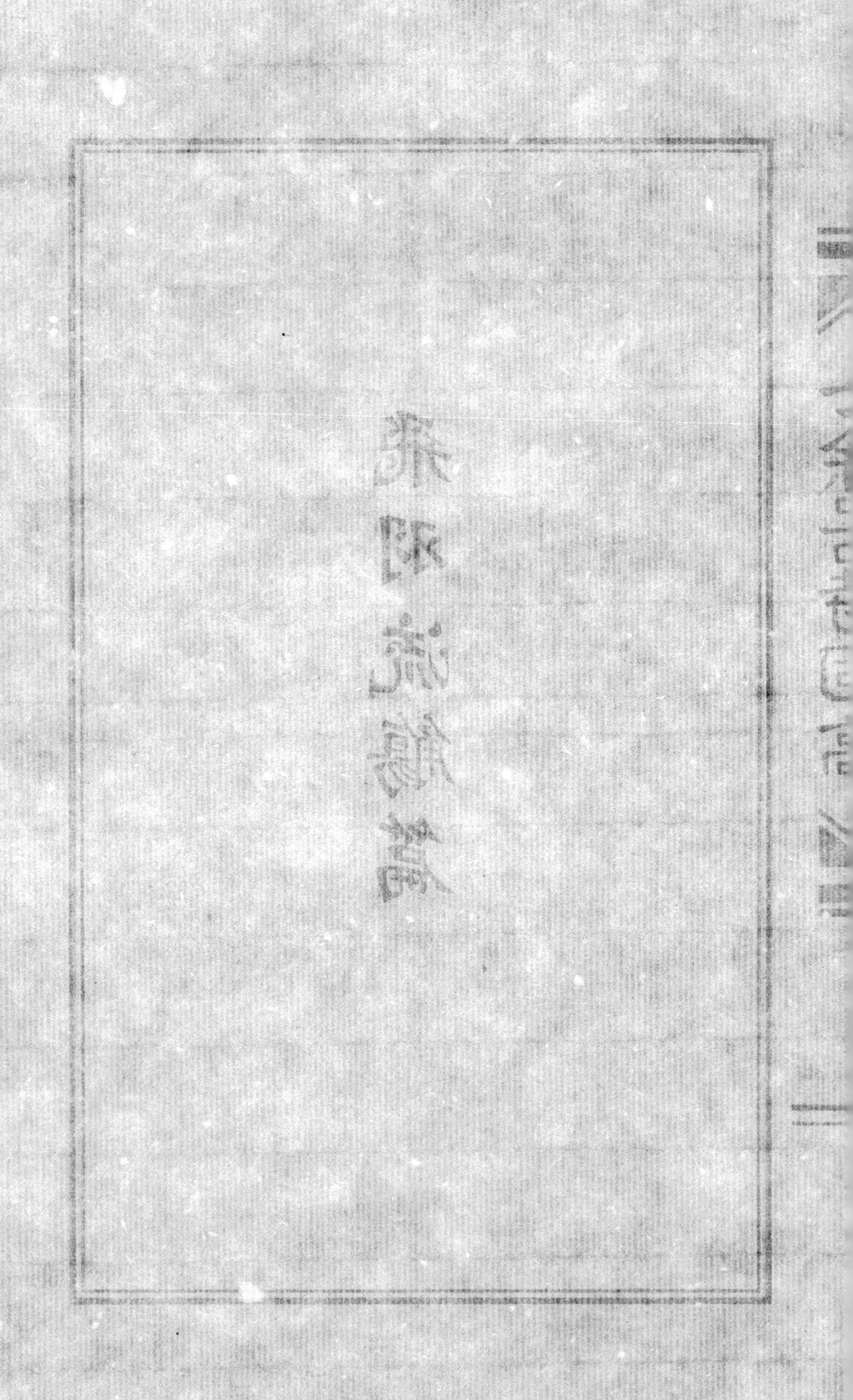

七絕

## 爲高州粵劇團成立三十五周年而作

一九九五年秋

古郡濃妝不夜天，新星名宿慶梨園。
經年肝膽同相照，樂奏雲門白雪篇。

經年肝膽同相照，樂奏雲門白雪篇。
古都濃妝不夜天，新星合宿慶梨園。

一九七九年秋

賀高州粵劇團成立三十五周年而作

强手林中立，华堂百丈开。
鹏翔天际外，志在白云端。

二零零零年秋

贺谢志强先生新居

王杰

## 五絕

### 賀龍志强先生新居

二零零零年秋

龍翔天際外，志在白雲端。
强手林中立，華堂百卉妍。

五絶

## 題贈紅旗先生

二零零零年秋

紅箋描巨卷，旗志舞東風。
惠澤升平世，存真事業隆。

七絕

## 賀《漢江評論》創刊

二零零二年春

評文論藝育新苗，據席談經筆作橋。
磨礪求精揚國粹，漢陽大地百花嬈。

七律

## 學友聚會

二零零二年夏

青燈共業三年整，地北天南幾十秋。
報姓尤疑生面客，通名始認小同儔。
方望來日舒宏願，難信今朝成老頭。
果證人生真一夢，韶光遠逝盼回流。

七律

果海人生真一夢，說大東遊路回流。
方寄來日仲衍願，兼言今朝成古賢。
猶往光顧生面容，進伯始認小同儕。
青海共崇三千載，北方天南幾十秋。

[illegible]

學友聯會

七律　并序

## 賀車君壽辰

二零零三年春節

癸未三陽之日，學友車君椿齡五十有三。一中十六同校學友，相聚于新世界酒家，暢酣賀壽。蔣君索詩，乘酒氣助興，七律一首，以賀壽辰。

今旦懸弧欣小歲，蕓窗顛醉興難禁。
面紅各訴童時趣，耳赤相譏早熟心。
豔李芳桃酬素願，真情切意會知音。
杯交盞錯豪言壯，共定期頤百日酣。

〔注〕椿齡，指男性之壽齡。
令旦，吉日。
懸弧，古代生男孩在門左邊挂一把弓，用作賀男壽生辰。
小歲，年初一日。
禁，下平十二侵韵，音襟，經得起之意。
期頤，指百歲之壽。

伏櫪仍思千里志，播英才種濟流田。

驥騁三茂慰天年，林海木東繁夢章。

（注）姚明禮先生在任時，曾參與指揮修建[illegible]、三水一茂名鐵路及工程建設，又擔任[illegible]。[illegible]

二零零三年春

贈原三茂集團老總姚明禮先生

[illegible]

七絕

## 贈原三茂集團老總姚明禮先生

二零零三年春

羅陽三茂慰天年，珠海水東縈夢牽。
伏櫪仍思千里志，耆英尤種物流田。

〔注〕姚明禮先生在任時，曾參與指揮和組織羅定—陽江、三水—茂名兩鐵路之工程建設，又積極策劃廣州—珠海、茂名—水東之兩鐵路項目。尤為可貴者，卸任後，又任物流培訓學院院長，為新興之物流業奔走獻力。

五絶

## 香蕉豐收

一九九零年秋

逢村不見村，滿眼緑濤掀。
四季忙收果，蕉林笑語喧。

四季花衣果，蕉林笑语喧。

蕉村不见村，满眼绿涛拔。

一九九三年秋

香蕉豐收

田 [illegible]

## 七絶　并序

# 欣賀劉嬌人瑞百歲之壽

二零零三年三月一日

香港同胞敖昌進先生之岳母，劉嬌女士，江城人氏也，早年卜居香港。癸未新春，欣逢百歲上壽，筵設鼉城。更喜者，劉氏壽雖期頤，而體尤康健，耳聰目明，日夕圍城作樂。究其長壽之訣，敖君笑曰：無他，唯豁達開朗，善心待人，子孝孫賢耳。噫嘻，百歲難逢君偏逢，蘭桂騰芳君為享。五代同堂，兒孫繞膝，事業有成，實乃盛世盛事也。有樂如斯，復何求乎？願天下人上壽。應雷法正先生之囑，謹七絶一首，以賀劉嬌人瑞。

婺焕南天歌上壽，漢陽美酒賀千巡。
母慈德淑長生果，子孝孫賢百歲因。

〔注〕婺焕，婺，即女星宿，中天婺焕專指賀女壽。
上壽、期頤、人瑞，皆專指百歲之壽。

## 賀濱江詩社成立二十年

[illegible]

欣[illegible]節日，中[illegible]。

[illegible]花三十年，[illegible]濱江[illegible]。

七絶

賀漢江詩社成立二十年

二零零三年元旦

插柳栽花二十年，紅描緑繪漢江箋。
低吟淺唱春和日，争得詩壇百卉鮮。

七絕

## 賀陽江中華詩詞學會楹聯學會成立十周年誌慶

二零零三年夏

折桂新榮慶十秋，宏揚國粹湧潮頭。
天機雲錦文章伯，刻燭分金漢水稠。

七絶

## 賀漢陽三老詩書集首發

二零零三年六月十二日

三星映照漢江輝，百朵雲霞瀉玉璣。
妙筆生花書壯志，精毫吐篆舞清姿。

〔注〕三老詩書集，何明百首詩詞、劉華初、何業强書。

七絶　并序

## 賀曹寶麟陽春書法展

二零零三年六月

癸未荷月，書法名家曹寶麟先生，携墨寶至春城展出，精品佳作，轟動春邑。曹公之書藝，融匯各家，尤擅米體，有『米王』之譽。口占七絶，以賀展出成功。

面壁痴情拜米癲，真經妙悟種心田。
千鈞筆力開碑板，萬朵金蓮綻素箋。

千毫筆力開乾坤。萬朵金蓮綻素箋。

画壇第一米顛、真個芳香滿心田。

[illegible]

曹寶麟同志[illegible]。曹公大書藝，融匯各家，尤擅米書，有「米王」之譽。[illegible]

[illegible]

一九九三年六月

賀曹寶麟陽春書法展

[illegible] 翁 并序

七絕

廣東嶺南詩社第七次社員代表大會感賦

二〇〇四年十一月七日

紅棉嶺表七重開，化雨春風滿茂才。

王振金聲揚國粹，合章粵韻動驚雷。

七絕

## 廣東嶺南詩社第七次社員代表大會感賦

二零零四年十一月七日

紅棉嶺表七重開，化雨春風澍茂才。
玉振金聲揚國粹，含章粵韻動驚雷。

七律

## 中華詩詞學會瀏陽工作會議

二零零三年九月十三日

九嶺連雲喜樂喧，詩鄉美譽落淮川。
紅鵑漫野長春國，花炮騰空不夜天。
瀏水鍾靈滋俊彥，大圍毓秀育英賢。
奔康快馬添鞭力，奪錦梟騎奮競先。

〔注〕九嶺、連雲，山脉名。瀏陽東依九嶺，北枕連雲。大圍，瀏陽東部之山。

紀念廣東省書協成立四十周年

二零零四年夏

溶碑汲古承南海，分[illegible][illegible]今續妙通。
播雨耕耘四十年，繁枝碩果豔中天。

（注）南海：康南海。

七絕

## 紀念廣東省書協成立四十周年

二零零四年夏

播雨耕耘四十年，繁花碩果艷中天。
熔碑法古承南海，化帖師今續妙篇。

〔注〕南海，康南海。

七律　并序

## 賀黃安仁《生活足迹回顧展》

二零零四年冬

邑人黃老安仁畫師，壽慶耄耋，白髮齊眉，人所稱羨。尤為巧合者，先生從藝結婚，雙雙六十二周年。妙哉，人生大喜之事，黃老獨享其三矣！黃老為人敦厚，追求執着。青年時投筆從戎，建國後解甲從藝。六十餘年藝海歷程，始終筆隨時代，深入生活，師法自然，植根傳統，融會中西，深得嶺南畫派之真諦。其足迹遍及大江南北，行程遠涉歐亞美加，備嘗艱辛，以苦為樂，累積豐富寫生素材。落筆厚積薄發，沉雄凝重，意深境遠，灑脱自如，自具面目，為嶺南一名家。欽佩之餘，口占一律，以賀其個展成功。

〔五〕若臺、蒼鷹、吾公八十壽慶又華誕

壽延花甲林海題，任其乾坤正氣雄。

人步蓬瀛涵古法，道靈瀚大顯洋風。

甘隨歲月寫山水，樂伴丹青吉右文。

八集適齡已及笄，藝娴六一更攀奇。

八秩遐齡已罕稀，藝婚六二更稱奇。
甘隨歲月窮山水，樂伴丹青苦布衣。
入妙毫端涵古法，通靈胸次隱洋師。
耄期老筆淋漓墨，狂草乾坤正氣詩。

〔注〕耄耋、耄期，皆為八十壽齡之尊稱。秩，一秩為十年。

七絶

## 甲申除夕陳立老賜菊花一枝

二零零四年春節

闌珊一束伴心香，浥露浮金頌吉祥。
歲晚猶嘉添鶴算，酒殘最喜接朝陽。

附陳立先生和詩：云影天光兆吉祥，又求佳氣接三陽。樓頭柏酒知濃淡，共賞黄花晚節香。

共賞黄花晚節香。

陳立志先生雅正。六歲天光兆吉年，又安佳氣接三陽。敬頌柏酒屠蘇

歲晚誰嘉添福算，酒殘最喜接朝陽。

蘭湖一束伴心香，泡露浮金頌吉祥。

三家村四年春節

甲申孫夕陳立志賜菊花一枝

七絶

## 賀謝紹禎選集出版

二零零四年冬

謝老紹禎，七十又六。執教四十餘年，桃李枝繁果碩。告老在家，仍不輟筆耕舌播，終日詩詞文對為樂；執掌詩詞吟長，領軍楹聯學會，致力振興漢江文化，培育一批後學精英，為漢江文化之崛起，推波助瀾，發揮餘熱。謝老詩書有成，著作頗豐，借選集出版，賀詩一絶，以表敬意。

皓首窮經涉百家，詩詞文對妙生花。
毫端貫注洪拳力，斷石開碑折股釵。

〔注〕洪拳力，謝紹禎先生也是習武之人，據説其每臨寫大字，先以練功帶扎腰，凝神提氣，走洪拳一通，然後以武功融入書法，增添雄勁之意。

七律 并序

## 復和真凡《乙酉迎春》詩

二零零五年春

乙酉元春，讀真凡《乙酉迎春》和詩，其情迸發，至知所之，激越有餘，隱逸稍欠。復和一律，以為共勉。

似聽馮驩彈鋏歌，怨漫漠海溢江河。
搬磚陶侃名青史，分肉陳平譽社坡。

海英雄氣，直道寧嫌曲直校。

贊，回望來路已半坡。自忖才思能應事，執中合運苦嫌說。甘甜

所真凡原詩：浩浩春風當國路，也無數意悠然河。空生靜肉霜盈

優逸，不堪其事。」後指因立志建功立業而勤勉自勵。

（甓）于齋外，暮運于內。人問之，陶曰：「吾方致力中原，恐過爾

〔注〕晉裴啓《語林》：「陶太尉（侃）在廣州，優游無事，常朝自運

男兒七尺志參天，信見王春展玉校。

立地當如山嶽穩，頂天豈讓脊梁彎。

立地當如山嶽穩，頂天豈讓脊梁跎。
男兒七尺忘榮辱，信見王春展玉梭。

〔注〕晉裴啓《語林》：『陶太尉(侃)既作廣州，優游無事。常朝自運(磚)于齋外，暮運于內。人問之，陶曰：「吾方致力中原，恐為爾優游，不復堪事。」』喻指因立志建功立業而勤勉自勵。

附真凡原詩：浩浩春風唱麗歌，却無歡意滌愁河。空生髀肉霜盈鬢，回望來程已半坡。自忖才思能順達，孰知命運苦蹉跎。世情濁淹英雄氣，直道窮艱曲道梭。

七絶

## 書畫四首

二零零六年秋

### 一　觀陳永鏘先生畫紅棉

胸中吞吐英雄氣，筆底奔騰嶺海春。
落墨已知宵漢志，三枝兩朵見精神。

〔注〕陳永鏘，中國美術家協會理事，廣東美術家協會副主席，廣州市文聯副主席，廣州畫院名譽院長，一級美術師，享受國務院特殊津貼，主攻花鳥畫。

## 二　題田齊先生閑農山莊圖

閑農超象樂歸真，山水為朋鳥作鄰。

但得高陽三五友，醉歌狂筆寫星辰。

〔注〕田齊，號閑農山莊半畝樓主，畢業于西安美術學院，就讀中央美院國畫系研究生，主攻山水畫。

三　觀章宇龍先生倒書

拙作《陽江十景吟》

倒書逆寫自成家，戲海游天錐畫沙。
獨辟蹊途謀特色，汗澆鐵硯錠奇葩。

〔注〕章宇龍，中國當代藝術研究院廣東分院副院長，其倒書為一絶。

## 四　觀王路平小姐畫牡丹

纖手巧裁富貴春，群芳驚遜盡稱臣。
人花難得齊相艷，玉骨仙姿脱俗塵。

〔注〕王路平，畢業于四川美術學院，被中國書畫家協會評為二零零六年度中國最有發展前景青年書畫家之一。

七絶

## 贈鄧格偉先生

二零零六年冬

鄉風俚俗入毫巔，軼事遺聞補誌篇。
滴水匯涓成就海，漢陽文苑湧春泉。

滴水匯流成新海，漢陽文苑通春泉。

撫風俚俗入畫韻，軼事遺聞補志篇。

二零零六年冬

贈錢裕偉浩先生

七絶

七絕

和福滿君《寄語詩》

二零零七年二月二十二日

六年形影別東西，領首華京手足情。

車年讀罷留學業，倚齋攀入故鄉理。

七絕

## 和福寧君《寄情詩》

二零零七年二月二十三日

車仔嶺傍留笑聲，衙齋燈火夜通明。
六年珍別東西遠，鎮日難忘手足情。

# 歌聯雜綴篇

## 賀陽江僑報創刊十五周年

二零零二年春

傳家鄉信息；聯赤子誼情。

## 題大河水力發電站

二零零二年四月

喝令狂龍推轉子；巧將靜水變能源。

題友人茶室三絕

二零零二年三月

一

遠漫清香[illegible]人座，友同在己留[illegible]心。

二

一盞清茶評世事，三杯白酒論詩篇。

三

德品清香淡[illegible][illegible]，深交雅韻會知音。

## 題友人茶室三聯

二零零二年五月

一

為愛清香頻入座；欣同知己細談心。

二

一盞清茶評世事；三杯白酒索詩魂。

三

細品清香邀摯友；笑談雅趣會知音。

## 賀《江城文藝》復刊

二零零二年秋

藝苑重張龍虎榜；鼉城再設鳳凰臺。

## 爲凌霄岩山門撰聯

二零零二年秋

凌虛拔地，裝點漢陽三萬里；

霄漢垂天，織編幻境九千重。

## 賀《陽江風光詩詞集》出版

二零零二年十月十八日

山環海抱蓬萊境；燕舞鶯歌漠水情。

## 題同仁書社書法展

二零零二年十一月

揚中華氣概；振世紀雄風。

陽江賀十六大召開書法展

二零零二年十一月

歡歌迎盛世；漫舞樂升平。

爲天試先生撰鶴頂格聯

二零零二年冬

天教玉桂寒宮植，試看勤梯碧漢攀。

天敎王在東宮植。試有勤緣合漢樂。

一零零三年冬

爲天試先生撰鶴頂格聯

歡歌迎盛世。漫舞樂升平。

一零零二年十一月

陽江賀十六大召開書法展

爲真凡書家撰鳧脛格聯

二零零二年冬

追摹漢帖尋真諦；悟透秦碑脱凡塵。

爲大來先生撰雁尾格聯

二零零二年冬

空谷虛懷藏志大；融冰化雪待時來。

爲八甲鎮題鶴頂格聯

二零零二年冬

八維擁翠安居地；甲第連雲教化鄉。

爲仙家垌水庫撰鼎峙格聯

二零零二年冬

仙家妙手招銀漢；洞穴飛流福漠陽。

谷同歌堯舜天。

山門盈紫氣，法济再續，淇海騰歡，德

運共樂升平世。

東居蒲祥雲，寶剎重光，嘉禾獻瑞，仙

二零零二年冬

高陽江東山吉撰聯

## 爲陽江東山寺撰聯

二零零二年冬

東岳涌祥雲，寶刹重光，嘉禾獻瑞，仙塵共樂升平世；

山門盈紫氣，法流再續，漠海騰歡，僧俗同歌堯舜天。

林深愈靜，香遠益清。

二零零二年春

爲林香遠先生撰鼎詩格聯

江上千帆競發，胸中百業爭榮。

二零零三年元旦

賀江城元旦書畫展撰藏頂格聯

## 賀江城元旦書畫展撰鶴頂格聯

二零零三年元旦

江上千帆競發；城中百業争榮。

## 爲林香遠先生撰鼎峙格聯

二零零三年春

林深愈静；香遠益清。

## 二零零三年春聯(二對)

一

荔海雨濃千樹緑；高涼春暖萬花紅。

二

筆架霞光昭畫卷；鑑江麗景入宏圖。

筆架靈光照畫卷，鎮江麗景入吾圖。

二

塔海西瀛千載跡，高涼春暖萬花香。

一

二零零三年春節（二首）

人瑞、國瑞、期頤。[illegible]

[illegible]

〔注〕[illegible]

數逾期頤。[illegible]

[illegible]國瑞。[illegible]

二零零三年三月一日

劉翁人瑞上壽誌慶

## 劉嬌人瑞上壽誌慶

二零零三年三月一日

萱堂國瑞，瑤池嘉晉千年酒；
婺宿期頤，漠邑欣降萬壽桃。

〔注〕萱堂，古代婦女常佩帶萱草以求生男孩，故稱母為萱堂。婺宿，即女星宿，用作賀女壽。人瑞、國瑞、期頤，專指百歲之壽。

## 爲大澳漁家文化村景區撰聯

二零零三年三月

桃扶兩葉，名山增氣概；

澳聚群龍，勝地煥文瀾。

〔注〕桃扶兩葉，是大澳山之地理形勝。

## 電白縣楹聯學會成立十五周年撰鳶肩格聯

二零零三年四月二十五日

飽濡電海千重浪；狂草白雲萬丈箋。

爲大澳漁家文化村景區撰聯

二零零三年三月

旅扶兩葉，谷山塘氣概；

澳聚群龍，聯苦海文瀾。

〔注〕旅扶兩葉，是大澳山之地理形勢。

電白縣楹聯學會成立

十五周年撰鳶肩格聯

二零零三年四月二十五日

鳶濤電海千重浪；筆草白雲萬丈豪。

盛世藏精品：祥光集福田。

二零零三年春

為盛祥收藏家題鶴頂格聯

一星三彈豐功偉：四海九洲恩澤長。

二零零三年春

為錢偉長副主席題雁尾格聯

爲錢偉長副主席撰雁尾格聯

二零零三年春

一星二彈豐功偉；四海九州恩澤長。

爲盛祥收藏家撰鶴頂格聯

二零零三年春

盛世藏精品；祥芝集福田。

爲陽江首届國際刀博會撰聯

二零零三年春

刀剪之都共醉五洲商客；

精工産業雙贏天下市場。

高州市書協成立二十周年

二零零三年春

振高凉郡望；揚國粹精華。

為新橋村路橋工程竣工撰聯

二零零三年五月

路貫東西，五鎮百村同致富；
橋通南北，千家萬户共奔康。

賀陽西書畫院成立

二零零三年夏

筆書宋康千年史；墨繪陽西萬卷圖。

## 悼母聯

二零零三年七月三日

畢世勤勞節儉，捱饑抵餓，待墨供書，奉獻無私，為求子女皆走耕讀路；

終生和善仁慈，友里睦鄰，播恩樹德，長存懿範，只望兒孫盡成效國材。

## 爲春灣鎮撰鶴頂格聯

二零零三年秋

春滿漠江那烏碧，灣盈天露桐木榮。

〔注〕那烏，春灣之河名。天露、桐木，春灣之山名。

## 爲圭崗鎮撰鶴頂格聯

二零零三年秋

圭聚那林高垌水；崗儲甘竹霧山雲。

## 贈李繼耐上將

二零零三年秋

今朝裝備百萬雄師，正義、文明、威武
揚天下，鞏固長城安社稷。
它日放休千群戰馬，的盧、赤兔、烏騅
躍南山，耕耘沃土富黎民。

恭賀黃在清會長七十大壽宸撰編頂格聯

二零零三年秋

在橋區門秀，清宣與日來。

題珠海德賢律師事務所

二零零三年夏

窮經究理，仗法執言。

## 恭賀黃桂清會長七十六壽辰撰鶴頂格聯

二零零三年秋

桂樹盈門秀，清萱映日榮。

## 題珠海德賽律師事務所

二零零三年冬

窮經究理；仗法執言。

## 爲逸雅堂撰聯

二零零三年冬

展名家字畫；宏國粹精華。

## 爲資富地產公司撰鶴頂格聯

二零零三年十二月二十八日

資地生財添福宅；富家興業置新居。

〔注〕資，憑借，依托。《易乾》：『大哉乾元，萬物資始。』《淮南子・主術》：『夫七尺之橈，而製船之左右者，以水為資。』

## 陽江高農校友會成立誌慶

二零零四年春

每懷漠邑同窗友；倍惜高農共學情。

## 爲林子澤張家界影照題

二零零四年二月廿日

似幻雲濤露春筍，如烟仙境夢乾坤。

## 賀海陵中學建校四十五周年

二零零四年夏

海島名流，樂助興鄉偉業；
陵中學子，爭當柱國英才。

## 廣東兩陽中學百年校慶

二零零四年夏

嘔心瀝血，欣圓百載輝煌夢；
燃燭吐絲，喜育兩陽棟梁材。

爲芝岳先生撰鶴頂格聯

二零零四年秋

芝蘭生正氣；嶽岱立橫空。

爲志亮先生撰鶴頂格聯

二零零四年秋

志存高遠；亮拔茂才。

〔注〕亮拔，明達事理，才能杰出。

## 題檢察院鶴頂格聯

二零零四年秋

檢城狐社鼠；察馬迹蛛絲。

## 題瑞清新宅鶴頂格聯

二零零四年冬

瑞氣盈新宅；清輝照玉堂。

[illegible]後[illegible]宣揚，書香[illegible]中，[illegible]。

十秩偉業，[illegible]，英才[illegible]。

[illegible]

[illegible]

[illegible]

[illegible]

一九[illegible]四年十一月

賀母校高州一中九十華誕

## 賀母校高州一中七十華誕

二零零四年十一月

經抗戰硝烟洗禮，車子嶺傍立新基。七秩艱辛，吐絲燃燭，為人師表，繼往開來一脉承，欣看桃李滿園，盈四海；得回春雨露滋榮，遠矚亭上呈瑞彩。千秋偉業，瀝血嘔心，樹國英才，光前啓後雙肩荷，喜育棟樑擎宇，柱九州。

## 題《夢鼉集》

二零零五年六月

追慕先賢風範；究探漢海鈎沉。

## 爲第三屆中國南海開漁節撰聯

二零零五年八月一日

開漁得令千帆發；收網歸航滿舸還。

開漁命令千帆發，攻鱸捕蟹盡[illegible]。

為第三屆中國南海開漁節撰聯

二零零五年八月一日

造筆千賢風騰：探索滇海經[illegible]。

二零零五年六月

題《夢鼎集》

參匯中西。畫譽三江。

巧鑒今古。漆體二度。

二零零五年冬

賀廣東第二屆漆畫作品展

明心可鑒古今事。匠意能通天地情。

二零零五年冬

廣州匠齋題鶴頂格聯

## 爲明匠齋題鶴頂格聯

二零零五年冬

明心可鑒古今事；匠意能通天地情。

## 賀廣東第二屆漆畫作品展

二零零五年冬

巧融今古，梅開二度；

妙匯中西，畫譽三江。

自擬二零零六年春聯

日麗觀山生紫氣；春來鑒水泛清波。

賀中國第二屆農民畫展

春光融萬户；惠政澤三農。

春光歸萬戶：惠政澤三農。

賀中國第二屆農民畫展

日麗觀山生彩處：春來鑒水泛清波。

自擬二零零六年春節

## 題廣東灌漿島

二零零六年春

果有女媧補天罅；更欣化灌强地基。

## 賀陽江首次刀剪杯詩書聯大賽

二零零六年夏

鋼刀劈就金光道；銀剪裁成錦綉圖。

## 爲石板寶石工業區撰聯

二零零六年夏

一

寶庭繞瑞開新貌；石筆生花繪壯圖。

二

劈嶺開山求富路；築巢引鳳架金橋。

賀石泉宜先生九秩華誕

二零零六年秋

難能九十年矢志同心，領資指書，後輩門牆沾化雨；

更喜三十歲翻譯詩賦，輯編名著，先生海屋添籌。

# 賀石景宜先生九秩華誕

二零零六年秋

難能九十年矢志同心，傾資捐書，後輩門墻霑化雨；更喜三千歲蟠桃盛宴，稱觴晋秩，先生海屋添鶴籌。

## 題河南鞏義縣青龍山景區聯

二零零六年秋

青土禪林藏瑰寶；龍山勝境譽中州。

## 題江城區文化藝術節

二零零六年秋

千秋史册詩聯海；百里鼉江翰墨春。

## 賀廣東高州農校建校百年華誕

二零零六年秋

（上聯）

光緒開基，辛亥揚帆，嘉名遠播，殊績恒存。辟十里荒郊，培桃育李；沿三高導向，瀝血披心。卧虎藏龍展壯猷，蜚聲嶺表；

（下聯）

以農立校，因材施教，桑梓咸歌，英賢輩出。布百年甘澍，重學尊師；為四化增輝，趨時務實。承先啓後描新卷，振翅神州。

鳳翥丹霞天破曉，秋紅霜樹鳥投林。

二〇〇六年冬

題巴林雞血石雕作品

大嶽參天吞六合，雄強震世傲千秋。

二〇〇六年冬

題田齊先生大岳雄魂圖

题田齊先生大岳雄魂圖

二零零六年冬

大嶽參天吞六合；雄魂曠世傲千秋。

題巴林鷄血石擺件聯

二零零六年冬

鳳翦丹霞天破曉；秋紅霜樹鳥投林。

## 題司塱村誌聯

二零零六年冬

紀四十秩開基創業滄桑史；
描二千年致富奔康錦綉圖。

## 陽江民建六十周年誌慶

二零零六年初冬

民意社情肝膽照；
建言獻策坦誠彰。

# 丁亥春聯

撰鹿頸格嵌芊盈兩字春聯

一

華堂芊錦辭舊歲；瑞氣盈門接新春。

二

喜伴筆峰迎紫氣；欣摇寶塔寫春暉。

## 高州山歌十首

### 參加陽西縣第十六届山歌擂臺賽即興

二零零六年十二月

一

人山人海賽山歌，陽西山歌堆滿坡。
你唱我和梭來往，你歌不如我歌多。

二

人山人海對山歌，山歌唱起舞婆娑。
一唱一對争高下，亞妹唔肯輸畀哥。

三

人山人海唱山歌，山歌流滿織篢河。
唱首山歌表心意，哥拉妹手去拍拖。

四

人山人海唱山歌，山歌湧起南海波。
漁歌一首魚一網，魚滿船艙爽到傻。

五

人山人海唱山歌，山歌唱得草變禾。
家中瓦屋變樓宇，窮村變成富貴窩。

六

人山人海唱山歌，山歌冇唱就生疏。
開心日子天天唱，唱得鴨乸變成鵝。

七

人山人海唱山歌，山歌甜過蜜菠蘿。
妹你嘴甜哥噣啖，亞妹靚過月嫦娥。

八

人山人海唱山歌，山歌唱響賽銅鑼。
唱得兒女孝父母，唱得媳婦敬公婆。

九

人山人海唱山歌，大家唱起迎賓歌。
亞妹㓾鷄又殺鴨，亞哥燒火炒田螺。

十

人山人海唱山歌，山歌唱來千萬籮。
首首山歌贊頌黨，幸福和諧樂呵呵！

責任編輯：李　睿　張冬妮
責任印制：張道奇

**图书在版编目(CIP)数据**

七余居诗词稿／邹继海著．－北京：文物出版社，2007.7
ISBN 978-7-5010-2280-9

Ⅰ.七…　Ⅱ.邹…　Ⅲ.诗词－作品集－中国－当代　Ⅳ.I227

中国版本图书馆CIP数据核字（2007）第115142号

# 七餘居詩詞稿

作　者　鄒繼海
出版發行　文物出版社
　　　　　北京東直門内北小街2號樓
經　銷　新華書店
印　刷　文物出版社印刷廠
版　次　二〇〇七年七月第一版
印　次　二〇〇七年七月第一次印刷
定　價　二百圓

ISBN 978-7-5010-2280-9
http://www.wenwu.com
E-mail:web@wenwu.com